KB153032

스카펭의 간계 / 수전노

몰리에르 희곡집 1

MOLIÈRE

스카펭의 간계 / 수전노

몰리에르 MOLIÈRE 희곡집 1

이화원 옮김

MOLIÈRE

Les Fourberies de Scapin
L'Avare

차례

머리말

　1999년 각 대학 연극 및 연극관련학과가 참가하여 펼치는 젊은 연극제의 주제가 '희극'으로 선정되면서, 역자가 속한 대학에서는 몰리에르(Molière)의 《스카펭의 간계(Les Fourberies de Scapin)》를 공연하게 되었다. 공연진과 함께 기 번역된 대본을 검토해 보다가 원본으로부터 누락된 정보들을 발견하고 재번역을 시작하게 되었다. 오랫동안 프랑스 고전주의 극작가 라신(Racine)의 비극들을 공부해 왔지만, 지난 몇 년간 강의와 연구, 평론 및 작업의 틈새 시간을 활용하여 몰리에르의 희극들을 번역하면서, 그의 웃음의 세계를 음미하는 귀한 기회를 가질 수 있었다. 프랑스의 대표적 희극작가인 몰리에르의 작품에, 서양뿐 아니라 우리나라 관객에게도 친숙할 만한 보편적 웃음과 희극의 원리가 고루 들어있음을 매 순간 확인하면서 번역 중 혼자서 웃음을 터뜨리지 않을 수 없었다. 궁정과 도시의 까다로운 교양인들로부터, 장터와 거리의 평범한 서민들까지 동시에 흡인하는 몰리에르의 희극 세계는 무엇보다 무대 위의 예술인이었던 몰리에르의 연기와 연출을 문자화한 입체성으로 빛난다.

　처음에 번역 대상작을 고르던 중 서점에서 우연히 마주친 국립극단의 배우 우상전 선생님으로부터, 우리나라에 널리 알려진 《수전노(L'Avare)》의 경우, 오늘의 젊은 관객을 위하여 새롭게 번역이 되었으면 한다는 말을 듣게 되었다. 이미 훌륭한 기번역서가 존재함에도 불구하고, 원전을 세심히 살펴보며 정확한 번역 뿐 아니라 오늘날의 관객에게 보다 친숙한 어투를 살려내고자 노력하였다. 《스카펭의 간계》의 경우에도 작품의 후반부, 사투리가 풍요롭게 사용되어 웃음의 원천이 되고 있음에도 불구하고 기번역본에는 모두 표준어로 번역되어 있기에, 본 번역에 있어 원전의 언어

적 특성을 존중하고자 노력하였다.

　본 『몰리에르 희곡집1』을 간행하는 데에 있어, 근본적으로 원전의 의미와 기능을 최대한 정확하게 전달하는 것을 목표로 하였다. 실제 공연을 준비하는 공연진들이, 본 번역을 통하여 무엇보다 원전에 대한 정확한 이해를 확보할 수 있기를 희망한다. 그를 토대로 각 배우들의 개성과 역량 및 연출의 의도에 따라 대사를 더욱 입에 맞도록 손질해 나갈 수 있을 것이다. 오늘 우리의 객석에서 몰리에르가 300년도 더 이전 지구의 반대편에서 제공하였던 웃음의 세계를 동시대 관객들과 충만하게 공유할 기회를 자주 가지게 되기를 기대해 본다.

　이 책이 나오기까지 수고해 주신 분들에게 감사드린다. 《스카펭의 간계》를 정성껏 무대화하고 번역 대사를 가다듬는 데에 도움을 주었던 상명대 연극학과 박사과정의 정영미 양과 졸업생 강경윤 양 등 제자들과, 번역에 필요한 자료를 구해주신 임선옥 선생님, 조만수 선생님에게도 감사하는 마음이다. 한편 이미 25년 전부터 프랑스 연극 및 고전의 세계에 입문하는 데에 길잡이가 되어주신 정병희 선생님과 이환 선생님 및 이화여대와 서울대의 은사님들과 미국 미네소타 대학(University of Minnesota)의 지도교수님이셨던 아르망 르노(Armand Renaud) 및 톰 콘리(Tom Conley) 선생님 등 많은 은사님께 깊이 감사드리며 더욱 정진할 것을 약속드린다.

　이 작업을 위하여 사용하고 참조하였던 몰리에르 원작의 간행본들은 다음과 같다.

Molière, *Oeuvres Complètes* I, II, Bibliothèque de la Pléiade, Paris:
    Gallimard, 1971.
_____, *L'Avare*, èd. par Evelyne Amon, Paris: Larousse, 1990.
_____, *Les Fourberies de Scapin*, èd. par Jacques Monférier,
    Paris: Larousse, 1964.

이 화원

* 이번 『몰리에르 희곡집 1』의 머리말은 2004년도에 출간된 『몰리에르 희곡선집』
의 머리말 중에서 《스카펭의 간계》와 《수전노》부분만 출판사가 발췌한 내용입니다.

스카펭의 간계

Les Fourberies de Scapin

1671

등장 인물

아르강트   옥타브의 아버지

제롱트   레앙드르의 아버지

옥타브   아르강트의 아들, 이아생트의 연인

레앙드르   제롱트의 아들, 제르비네트의 연인

제르비네트   레앙드르의 연인

이아생트   옥타브의 연인

스카펭   레앙드르의 하인

실베스트르   옥타브의 하인

네린   이아생트의 유모

카를르   사기꾼

짐꾼 2명

무대는 나폴리를 배경으로 한다.

제1막

제1장
옥타브, 실베스트르

옥타브 아! 사랑에 빠진 사람에게 이런 낭패가 있나! 이렇게 잔인하게 끝을 보다니. 실베스트르, 아버지께서 돌아오신다는 소식을 부둣가에서 들었단 말이지?

실베스트르 네.

옥타브 그것도 오늘 아침에 당장 오신다고?

실베스트르 네, 오늘 아침 당장이요.

옥타브 나를 결혼시키러 오신다는 거지?

실베스트르 네.

옥타브 제롱트씨의 딸과?

실베스트르 네.

옥타브 그래서 그 딸을 타랑트에서 불러온단 말이지?

실베스트르 네.

옥타브 이 소식을 우리 아저씨로부터 들었다는 거야?

실베스트르 네, 도련님 아저씨한테서요.

옥타브 아버지가 아저씨한테 이 일을 편지로 알리셨을까?

실베스트르 네, 편지로요.

옥타브 그래서 아저씨가 우리 일을 모두 다 알고 계시단 말이지?

실베스트르 네, 모두 다요.

옥타브 아! 좀 더 자세히 말해 봐, 제발. 네 입에서 말을 확 끄집어

내기 전에.

실베스트르 제가 무슨 더 할 말이 있겠어요? 도련님이 제가 말씀드린 걸 하나도 빠트리지 않고 그대로 따라하셨잖아요.

옥타브 좀 가르쳐 달라구. 이런 끔찍한 상황에서 도대체 어떻게 해야 할지.

실베스트르 맙소사, 저도 도련님 못지않게 난처해요. 저야말로 어디선가 좋은 충고를 들어야 한다구요.

옥타브 하필 이럴 때 돌아오시다니 난 끝장이야.

실베스트르 그건 저도 마찬가지에요.

옥타브 아버지께서 이 모든 사실을 아시게 되면 온갖 비난을 소나기처럼 퍼부어대실텐데.

실베스트르 비난 정도는 아무 것도 아니에요. 그 정도로 일이 마무리 될 수만 있다면 오죽이나 좋겠어요! 도련님 불장난 때문에 전 아주 비싼 대가를 치르게 될 것 같아요.

옥타브 이럴 수가! 어떻게 이 곤경에서 빠져나갈 수 있을까?

실베스트르 곤경에 빠지기 전에 빠져나올 일부터 생각해두셨어야죠.

옥타브 아! 쓸데없는 네 설교 때문에 죽겠다.

실베스트르 저야말로 도련님 무모한 행동 때문에 죽겠어요.

옥타브 어떻게 할까? 어떻게 결정하지? 어떻게 처리해야만 하나?

제2장

스카펭, 옥타브, 실베스트르

스카펭 옥타브 도련님, 뭐예요? 무슨 일이죠? 도대체 웬 난리냐구요? 무척이나 괴로워 보이시는데요.

옥타브 자네군, 스카펭! 난 망했어. 끝장이라구. 세상에 나보다 더 운없는 사나이가 또 있을까!

스카펭 뭐요?

옥타브 나에 대한 말 들은 것 없어?

스카펭 아뇨.

옥타브 우리 아버지가 제롱트 씨와 함께 돌아오셔서 날 결혼시키려고 하신다는 거야.

스카펭 잘됐네요! 도대체 뭐가 잘못됐다는 거예요?

옥타브 아아! 네가 잘 몰라서 그래.

스카펭 몰라요. 하지만 도련님 마음먹기에 따라 곧 알게될 수도 있죠. 저로 말하자면 젊은이들 일에 관심도 많고 언제고 도움을 줄 준비가 되어 있잖아요.

옥타브 제발 스카펭, 좋은 방법을 생각해 봐. 멋진 계략으로 날 이 고통에서 구해준다면, 생명의 은인으로 생각할게.

스카펭 사실 제가 마음만 먹으면 안되는 일이란 거의 없죠. 머리를 짜내는 일이나 남의 맘을 사로잡는 일에는 하늘로부터 기발한 재능을 타고 났거든요. 이런 걸 두고 무식한 사람들은 사기라고 하지만 말예요. 자랑은 아니지만 이런 일에 저보다 더 뛰어난 명성을 떨칠만한 사람을 찾긴 어려울 겁니다. 하지만 이젠 이런 능력도 제대로 대접받지 못하고 있어요. 언젠가 어떤 사건으로 골머리를 썩은 다음부터 이런 일에서는 깨끗이 손을 털었거든요.

옥타브 뭐라구? 무슨 사건이었지, 스카펭?

스카펭 일 때문에 소송에 휘말린 적이 있었어요.

옥타브 소송이라구!

스카펭 네, 소송때문에 골치깨나 썩었지요.

실베스트르   네가, 소송에?

스카펭   네, 그게 아주 고질적이었어요. 세상이 그렇게도 나를 몰라주니 분통이 터져, 그 후로는 아무 일에도 말려들지 말자고 결심을 했죠. 그건 그렇고, 이제 도련님 얘기를 해주실 차례에요.

옥타브   스카펭, 들어봐. 두 달 전 제롱트 씨가 우리 아버지와 함께 사업 차 같은 배로 여행을 떠나셨어.

스카펭   그건 저도 알아요.

옥타브   아버지들이 우릴 남겨두고 떠나시면서, 난 실베스트르에게, 레앙드르는 너에게 부탁하셨잖아.

스카펭   네, 그래서 전 맡은 바 책임을 훌륭히 완수했습니다.[1]

옥타브   얼마 후 레앙드르는 어떤 이집트 아가씨를 만나 사랑에 빠져 버렸어.

스카펭   그것도 알고 있는데요.

옥타브   레앙드르는 둘도 없는 친구 사이인 나에게 자기 사랑을 고백하고, 그 아가씨에게 데려가 보여주기도 했어. 그 아가씨 사실 예쁘기는 했지만 레앙드르가 말했던만큼은 아니었어. 그는 매일 아가씨 얘기만 하면서 틈틈이 예쁘고 우아하다고 떠벌렸지. 얼마나 재치있고 매력적으로 말하는지 자랑하면서 사소한 말까지 다 전해줬어. 그리고는 세상에서 가장 뛰어난 말이라고 믿게 하려는 거야. 맞장구치지 않는다고 나를 가끔 비난하고, 사랑의 열정에 무심하다고 계속 나무라기도 했지.

스카펭   도대체 무슨 말을 하시려는 건지.

---

1) 몰리에르는 극 전개의 소재가 되는, 두 아버지와 두 쌍의 남녀의 이야기를 테렌티우스 (Terentius)의 《포르미오(Phormio)》의 1막 2장에서 빌어 왔다.

옥타브 어느 날 레앙드르와 같이, 그의 연인이 있는 곳으로 가고 있었어. 그런데 외딴 길가 조그만 오두막에서 엉엉 울며 탄식하는 소리가 들리는 거야. 우린 사람들에게 무슨 일이냐고 물어보았지. 어떤 여자가 한숨을 쉬며 말하는데, 외지에서 온 사람들이 아주 불쌍한 지경에 놓여 있다더군. 마음이 모진 사람이 아니라면 퍽이나 애통할 거라는 거야.

스카펭 얘기가 어떻게 돌아가는지 모르겠군.

옥타브 궁금해서 레앙드르에게 무슨 일인지 보고 가자고 했지. 방으로 들어가보니 어떤 노파가 죽어가고 있었어. 하녀는 탄식을 하고, 그 옆에 이 세상에 둘도 없이 아름답고, 애처로와 보이는 한 아가씨가 눈물로 뒤범벅이 되어 있는 거야.

스카펭 아! 아!

옥타브 아마 다른 여자였다면 그런 상황에 아주 비참해 보였을 거야. 왜냐하면 옷이라고는 보잘 것 없는 치마에다가 무명과 마로 짠 윗도리를 걸치고 있었으니까. 머리 위로 말려올린 노란색 실내모자 아래로는 헝클어진 머리가 어깨까지 내려왔지. 하지만 온갖 매력으로 그 여자 전체가 화사하게 빛나고 있었어.

스카펭 드디어 올 게 오는군요.

옥타브 네가 그 여자를 보았더라도 정말 근사하다고 생각했을걸.

스카펭 아마 틀림없이 그랬겠죠. 보지는 않았지만 그 여자가 끝내주게 매력적이었다는 걸 잘 알겠어요.

옥타브 눈물조차도 얼굴을 망가뜨리진 않았어. 울며 괴로워하는 모습이 그렇게 아름다울 수 없었으니까.

스카펭 알 만하군요.

옥타브 죽어가는 여인의 몸에 애처롭게 몸을 던진 채, 어머니라고 불러대는 모습이 사람들로 하여금 눈물범벅이 되게 했어. 그렇게 고운 마음씨를 보고도 마음이 찢어지듯 아프지 않은 사람은 없을거야.

스카펭 정말 가슴 아픈 일이군요. 도련님이 바로 그 마음씨 고운 아가씨와 사랑에 빠지신 거죠.

옥타브 아! 스카펭, 제 아무리 야만인이라도 그 아가씨한테는 홀딱 빠져버렸을 거야.

스카펭 물론이죠. 어떻게 그걸 막을 수 있겠어요!

옥타브 괴로워하고 있는 아가씨의 고통을 달래주려고 말을 몇 마디 건넨 후, 그곳을 나왔지. 그리고는 레앙드르에게 그 아가씨를 어떻게 생각하는지 넌즈시 물어보니 꽤 귀여운 아가씨라고 덤덤하게 말하더군. 그렇게 말하는 태도에 마음이 상해서, 난 그 여자에게 반해버린 내 마음을 레앙드르에게 보여주고 싶지 않았어.

실베스트르 (옥타브에게) 추려서 얘기하지 않으면, 내일까지 가겠네요. 내가 한 마디로 얘기를 끝내주지. (스카펭에게) 그래서 그 순간부터 도련님이 사랑에 빠지셨어. 그 불쌍한 아가씨를 위로하러 가지 않고는 더 이상 살 수가 없게 되신 거야. 아가씨 어머니가 돌아가시자 하녀는 아가씨의 보호자가 되어 도련님이 자주 방문하는 것을 금했어. 도련님은 절망에 빠져 조르고, 빌고, 간청했지. 그러나 소용이 없었어. 재산도 없고 의지할 데도 없지만 훌륭한 가문 출신인 아가씨를 결혼할 생각도 없이 그렇게 쫓아다니는 건 용납할 수 없다는 거야. 어려움 때문에 사랑이 더 커져만 갔지. 곰곰히 생각하고 고민하고 따져본 끝에 결심하셨지. 마침내 사흘 전 그 아가씨와 결혼을 해버리신 거야.

스카펭　그렇군.

실베스트르　그런데 두 달 후에 오시려던 아버지는 갑자기 돌아오시지, 비밀 결혼은 아저씨에게 발각되었지, 제롱트씨가 타랑트에서 재혼한 부인 사이에서 얻은 딸과 도련님을 결혼시키려고 하지…, 이 모든 일이 엎친데 덮쳤단 말이지.

옥타브　게다가 그 아름다운 아가씨는 형편이 어렵지, 그녀를 도와주기에 내가 가진 거라고는 무능력뿐이지.

스카펭　그게 답니까? 그깟 일로 남자 둘이 그렇게 쩔쩔매다니요! 아, 정말 안절부절해 마땅한 일이로군요! 너 그까짓 일로 우왕좌왕하다니 부끄럽지도 않냐? 귀신이 잡아갈 놈! 제 부모만큼 덩치도 크고 뚱뚱하면서 그만한 일에 좋은 꾀나 멋진 계략 하나 짜내지 못한단 말야? 푸하! 정말 멍청하다! 일찌감치 나에게 그 노인네들을 맡겨줬으면 좋았을텐데, 그러면 그 둘을 발끝에 놓고 희롱했을 거야. 나야 아주 어렸을 때부터 솜씨 좋은 걸로 명성이 자자하지.

실베스트르　고백하건대, 난 하늘로부터 너와 같은 재능을 받지도 않았고, 너처럼 소송에 휘말릴 만한 재간도 없어.

옥타브　아, 사랑스러운 우리 이아생트가 오는군.

제3장

이아생트, 옥타브, 스카펭, 실베스트르

이아생트　아, 옥타브. 실베스트르가 네린에게 한 말이 사실인가요? 당신 아버지께서 당신을 결혼시키려고 돌아오신다던데요?

옥타브　그래요. 그 소식 때문에 이렇게 괴로워하고 있어요. 그런데 이게 웬일이지? 울고 있잖아? 왜 울어요? 내가 변심할까봐 걱정이 돼서? 당신에 대한 내 사랑을 믿지 못하는 거예요?

이아생트　아니에요, 옥타브, 당신이 저를 사랑하고 있다는 것을 믿어요. 하지만 앞으로도 영원히 사랑해주실런지 알 수 없네요.

옥타브　어떻게 당신을 영원히 사랑하지 않을 수 있겠어?

이아생트　옥타브, 남자들의 사랑은 오래가지 않는다고 들었어요. 사랑의 불길이 쉽게 타올랐다가 쉽게 꺼져버린다는 것두요.

옥타브　아! 이아생트, 나는 다른 남자들과는 달라요. 죽는 날까지 당신을 사랑할 자신이 있거든.

이아생트　그 말이 진심이라고 믿고 싶어요. 그렇지 않다고 의심하는 것은 아니에요. 하지만 어떤 불가피한 일로 당신의 사랑이 식어버리지나 않을까 두려워요. 아버지는 당신을 딴 여자에게 결혼시키려고 하죠, 아버지의 명령은 어길 수 없죠. 그렇게 되면 저는 죽고 말 거예요.

옥타브　아니, 사랑하는 이아생트. 아버지가 아무리 뭐라 해도 당신을 배신할 수는 없어요. 당신과 헤어지느니 차라리 아버지의 품을 떠나겠어. 나와 결혼시키려는 그 여자는 본 적도 없지만 벌써 지긋지긋해. 잔인하게 들리겠지만 그 여자가 영원히 바다를 건너오지 못했으면 좋겠어. 그러니 제발 울지 말아요, 이아생트. 당신의 눈물을 보니 죽을 것 같아. 마음이 찢어질 것만 같다구.

이아생트　당신이 원하신다면 눈물을 닦을게요. 하늘이 우리 일을 해결해줄 때까지 변치않는 마음으로 기다리겠어요.

옥타브　하늘이 반드시 우리를 도와주실 거야.

이아생트　당신이 나에게 충실하다면, 하늘도 나에게 힘이 되어줄 거예요.

옥타브   당신에게 충실하겠어. 맹세해요.

이아생트   그걸로 저는 행복해요.

스카펭   (방백) 아주 멍청한 여자는 아니군. 그만하면 괜찮은데.

옥타브   (스카펭을 가리키며) 저기 저 사람[2]이 마음만 먹으면 우리를 멋지게 도와줄 거예요.

스카펭   더 이상 세상 일에 말려들지 않겠다고 맹세한 적이 있긴 하지만, 두 분이 그렇게 간절히 원하신다면, 글쎄….

옥타브   자네 도움을 받기 위해 이렇게 빌겠어. 진심으로 부탁하니 제발, 우리의 일을 해결해 주게.

스카펭   (이아생트에게) 아가씨는 혹시 제게 할 말 없으신가요?

이아생트   원하신다면 무엇이든 보상해드릴게요. 제발 옥타브 말 대로, 우리 사랑이 이루어지도록 도와주세요.

스카펭   더 이상 모르는 척할 수가 없네요. 자, 당신들을 위해 일하겠어요.

옥타브   저….

스카펭   (옥타브에게) 쉿! (이아생트에게) 아가씨는 이제 가서 쉬세요. 자, 도련님은 아버님을 꿋꿋하게 맞이할 준비를 하시구요.

옥타브   아버지가 도착할 것을 생각만 해도 사지가 떨려. 난 본래 마음이 약하거든.

스카펭   하지만 첫 번째 질타부터 강하게 받아치셔야 되요. 도련님이 겁을 먹으면 어린애처럼 마음대로 다루려 하실 테니까요. 자, 한 번 해보세요. 좀 더 대담해야 해요. 아버님께서 무슨 말을 하시더라도 단호하게 대답할 수 있어야 합니다.

옥타브   가능한 한 최선을 다 하겠어.

스카펭   자, 한번 연습해 볼까요? 멋지게 연기할 수 있는지 봅시다.

---

2) 스카펭은 여기까지 따로 떨어져 있다가 옥타브에게 다가간다.

자, 표정은 당당하게, 머리는 높이 들고, 자신있는 눈초리로.

옥타브 이렇게?

스카펭 조금만 더.

옥타브 이렇게?

스카펭 좋아요. 자 그러면 제가 지금 막 도착한 아버님이라고 생각
하시고, 당당하게 한 번 대답해보세요.

"뭐라고? 불한당, 건달, 파렴치한, 아버지의 이름을 더럽히
는 놈. 내가 없는 동안 놀아나고, 날 속여먹고도, 내 앞에 감
히 나타났단 말이야? 그게 너를 키워 준 대가냐? 보답이란
말이야? 못된 놈, 나에 대한 존경이 겨우 이 정도야, 이 정도
냐구?"

자, 어서요!

"이 사기꾼아, 아버지 허락도 없이 감히 결혼을 약속해? 비
밀리에 결혼을 했단 말이야? 대답해 봐, 망나니! 대답해 보
라구! 어디 그 잘난 이유나 좀 들어보자!"

오! 맙소사! 왜 말이 없어요?

옥타브 정말 아버지가 야단치시는 것 같군.

스카펭 네! 그렇죠! 그러니까 그렇게 어린애처럼 가만히 계시면 안되
죠.

옥타브 그럼, 마음을 굳게 먹고, 강하게 대답해 볼게.

스카펭 확실히?

옥타브 확실히.

실베스트르 아, 저기 아버님이 오시네요.

옥타브 하느님! 망했다! (도망 간다)

스카펭 아이고, 옥타브 도련님, 기다리세요. 저렇게 도망을 가시다
니. 정말 한심하군. 노인네를 기다리게 하시다니요.

실베스트르 주인님께 뭐라고 말해야 하나?

스카펭 나한테 맡겨. 나 하는대로 쫓아오기만 하면 돼.

제4장
아르강트, 스카펭, 실베스트르

아르강트 (혼자인 줄 알고) 이런 괘씸한 일이 또 있을까?

스카펭 (실베스트르에게) 소식을 벌써 들은 모양이군. 화가 잔뜩 나서 혼자 소리소리 지르다니.

아르강트 (혼자인 줄 알고) 이렇게 대담무쌍할 수가.

스카펭 (실베스트르에게) 어디 좀 들어볼까.

아르강트 (혼자인 줄 알고) 그 기막힌 결혼에 대해서 뭐라고 말할지 정말 궁금하군.

스카펭 (방백으로) 그건 이쪽에서도 다 생각해두었지요.[3]

아르강트 (혼자인 줄 알고) 아무 일도 없었던 것처럼 시치미를 떼려나?

스카펭 (방백) 아니요. 그런 생각은 안해요.

아르강트 (혼자인 줄 알고) 아니면 변명을 하려고 할까?

스카펭 (방백) 그럴 수도 있지요.

아르강트 (혼자인 줄 알고) 헛된 말로 날 골리려고 할까?

스카펭 (방백) 그럴 지도 모르죠.

아르강트 (혼자인 줄 알고) 뭐라고 말해도 소용이 없어.

스카펭 (방백) 두고 봅시다.

아르강트 (혼자인 줄 알고) 날 속여먹을 수는 없다.

스카펭 (방백) 장담할 수 없지요.

---

3) 이 장면은 모두 테렌티우스의 《포르미오》의 2막 1장을 모방한 것이다.

아르강트 (혼자인 줄 알고) 에이, 불한당같은 아들 녀석, 가둬 버릴까.

스카펭 (방백) 준비되어 있어요.

아르강트 (혼자인 줄 알고) 망나니 실베스트르 녀석, 몽둥이 찜질을 해 줘야지.

실베스트르 (스카펭에게) 날 잊을 리가 없지.

아르강트 (실베스트르를 알아보고) 아! 아! 거기 계시군요. 우리 가족의 현명한 가정교사님, 젊은이들의 멋진 지도자 나으리.

스카펭 아, 나리, 이렇게 돌아오시다니 정말 기뻐요.

아르강트 아, 스카펭이군. (실베스트르에게) 부탁드린 것을 아주 멋지 게 해내셨더군요. 내가 없는 동안 아들 녀석이 아주 얌전하 게 처신했더라구요.

스카펭 그간 안녕하셨어요?

아르강트 그만하면 잘 지냈지. (실베스트르에게) 넌 왜 말이 없지? 망나 니같은 놈, 왜 말이 없냐구.

스카펭 여행은 재미있으셨나요?

아르강트 그래. 아주 좋았지. 그건 그렇고 이제 야단 좀 치게 내버려 둬.

스카펭 야단을 치다니요?

아르강트 그래, 야단을 쳐야겠다구.

스카펭 대체 누구를요?

아르강트 (실베스트르를 가리키며) 저 못된 놈 말이야.

스카펭 왜요?

아르강트 내가 없는 동안 일어났던 일을 전혀 모르단 말이야?

스카펭 몇 가지 사소한 일은 들어서 알고 있어요.

아르강트 뭐라구? 사소한 일이라고?

스카펭 나리께서 그러실만한 이유라도….

아르강트 이렇게 엄청난 일인데?

스카펭 그건 그래요.

아르강트 아버지의 허락도 없이 결혼을 했다구!

스카펭 거기에 대해서는 하실 말씀이 있으시겠죠. 하지만 큰 소리는 내지 않으시는 게 좋겠는데요.

아르강트 아냐. 있는 대로 잔소리를 할 거야. 충분히 화를 낼 만 하지 않아?

스카펭 그래요! 저 역시 처음 그 소식을 들었을 때에는 그랬으니까요. 그래서 나리 대신 아드님을 야단치기까지 했죠. 아드님께 물어보세요. 제가 얼마나 호되게 야단을 쳤는지. 발에 입을 맞춰 드려도 시원치 않을 아버님을 존중하지 않는다고 얼마나 야단을 쳤는데요. 나리도 더 그럴싸하게 야단치실 수는 없었을 거예요. 하지만 웬일입니까! 냉정히 따져보니 도련님이 생각만큼 그렇게 잘못하신 건 아니더라구요.

아르강트 대체 무슨 말을 하는 거야? 알지도 못하는 여자랑 허락도 없이 결혼을 해치워버린 것이 잘못이 아니란 말이야?

스카펭 어쩌겠어요? 운명인걸요.

아르강트 아! 아! 세상에서 가장 멋진 이유로구만. 온갖 종류의 죄를 저지르고, 속이고, 훔치고, 죽이고서는 운명이었다고 변명하면 그만이야?

스카펭 맙소사! 나리께서는 제 말을 너무 철학적으로 받아들이시는군요. 제 말씀은 도련님이 운명적으로 사랑에 휘말려 들었다는 겁니다.

아르강트 도대체 왜 그랬냐 말이야?

스카펭 도련님이 나리만큼 분별력이 있겠습니까? 젊은이는 젊은이예요. 항상 이치에 맞는 행동을 할만큼 신중하지 못해요. 우리 레앙드르 도련님 경우도, 제가 아무리 설교하고 충고해도 나리 아드님보다 더 큰 잘못을 저질렀답니다. 묻고 싶네요. 나리께서는 젊은 시절이 없으셨나요? 젊은 시절에 다른 젊은이들처럼 난봉질을 하지 않으셨느냐고요?

아르강트 그건 그래, 동의해. 하지만 예의를 갖추어 즐겼을 뿐이지 그 녀석이 저지른 것 같은 짓은 절대 하지 않았지.

스카펭 그럼 도련님이 어떻게 해야 됩니까? 우연히 만난 여자가 도련님을 좋아하게 되었어요. 여자들이 도련님을 좋아하는 것은 당연해요. 그건 나리로부터 물려받은 자질인걸요. 도련님도 그 아가씨를 사랑하고 있어요. 그 집을 찾아가서 달콤한 이야기를 속삭이고, 멋지게 한숨짓고 정열을 쏟죠. 아가씨도 도련님의 구애에 응했어요. 도련님은 한층 더 열을 올렸죠. 그러다가 아가씨와 함께 있는 모습을 그 부모에게 들킨 거예요. 부모는 흉기를 손에 들고 아가씨와 결혼할 것을 요구했어요.[4]

실베스트르 (방백으로) 저렇게 능청맞게 사기를 치다니!

스카펭 도련님이 죽게 되기를 바라시는 건 아니겠죠? 죽는 것보다는 결혼하는 게 백 번 낫잖아요.

아르강트 (반신 반의하며) 일이 그렇게 된 거라고는 듣지 못했는데.

스카펭 (실베스트르를 가리키며) 그럼 이 녀석한테 물어 보세요. 제 말이 맞을 테니까요. 아니라고 하지 않을걸요?

아르강트 그럼, 옥타브가 결혼한 것이 바로 협박 때문이란 말이야?

실베스트르 네, 나리.

---

[4] 코르네이유(Corneille)의 《거짓말장이(Les Menteurs)》의 2막 5장에서 도랑트(Dorante)는 이와 유사한 거짓말을 한다. 《포르미오》의 80-136행도 참조해 볼 것. 여기서 언급된 것과 같은 상황에서 비롯된 강제 결혼은 당시 전통적인 것이었다.

스카펭　제가 나리께 거짓말을 할 리가 있겠습니까?

아르강트　그럼 당장 공중인에게 가서 협박건에 대해서 공증부터 받아야지.

스카펭　그건 도련님이 바라는 바가 아니에요.

아르강트　이 결혼을 깨기 위해선 그게 가장 손쉬운 방법일걸?

스카펭　결혼을 깨신다구요?

아르강트　그래.

스카펭　그렇게는 못하실 걸요?

아르강트　내가 그렇게 못할 거라고?

스카펭　네.

아르강트　뭐? 내가 아버지로서의 권한도, 자식놈이 당한 협박에 대해 따질 자격도 없단 말이야?

스카펭　도련님이 좋아하지 않으실 텐데요.

아르강트　좋아하지 않는다고?

스카펭　네.

아르강트　내 아들이?

스카펭　나리 아드님이요. 그럼 아드님이 협박에 좌지우지되는 겁장이라는 걸 동네방네 소문내고 싶으세요? 도련님은 그런 걸 밝히고 싶은 생각이 요만큼도 없으실 걸요? 그건 자신에게 해가 될 뿐만 아니라, 나리 이름에 먹칠을 했다는 걸 인정하는 게 될테니까요.

아르강트　그런 일 따위에는 관심없어.

스카펭　도련님과 나리의 명예를 위해서는, 도련님이 자발적으로 결혼한 거라고 말씀하셔야 합니다.

아르강트　나와 아들놈의 명예를 위해서 그 녀석이 반대로 말해주기 바래.

스카펭   아니, 아드님은 절대로 그렇게 하지 않으실 걸요.[5]

아르강트   내가 그렇게 하도록 할 거야.

스카펭   도련님이 그렇게 안하신데도요.

아르강트   그러고야 말 거야. 그렇지 않으면 상속을 안해 줄 테니까.

스카펭   나리께서요?

아르강트   그래, 내가.

스카펭   허이구 참!

아르강트   허이구 참?

스카펭   상속을 안하실 수 없으실걸요.

아르강트   상속을 안할 수가 없다구?

스카펭   네.

아르강트   네?

스카펭   네.

아르강트   흥, 별 웃기는 소리 다 듣겠군. 내 아들에게 상속을 안할 수 없다고?

스카펭   그렇죠.

아르강트   대체 무엇 때문에?

스카펭   나리 자신 때문에요.

아르강트   나 자신 때문에?

스카펭   네, 나리께선 그렇게 매정한 분이 아니시기 때문이지요.

아르강트   난 그런 사람이야.

스카펭   농담이시죠!

아르강트   농담 아니야.

---

5) 몰리에르의 사후 1692년 출간된 판본에서는 제1막 제4장에서 이 이하의 장면이 삭제되어 있다. 아마도 이 작품 이후에 쓰여진 《상상병 환자(Le Malade imaginaire)》에서 이 장면이 그대로 사용되어있기 때문인 듯 하다. 그러나 몰리에르는 생전에 이 장면을 삽입한 채 작품을 출간하였고 이대로 공연하였다.

스카펭	아버지의 정에 이끌려 상속을 해 주실 텐데요.
아르강트	다 소용없어.
스카펭	소용있어요.
아르강트	더 이상 잔말 마.
스카펭	턱도 없어요!
아르강트	턱도 없다니 그런 소리 집어 치워.
스카펭	맙소사! 제가 알기로 나리께서는 천성적으로 선한 분이시라구요.
아르강트	그렇지 않아. 마음만 먹으면 얼마든지 악해질 수 있어. 화를 돋구는 이런 얘기는 이제 그만 하자. (실베스트르에게) 어서 가, 덜 떨어진 놈아. 가서 우리 사고뭉치 아들놈을 찾아와. 그동안 나는 제롱트 씨를 만나 이 어처구니없는 사실을 전해 줘야겠어.
스카펭	나리, 제가 뭐 도움드릴 일이 있으시면 말씀만 하십시오.
아르강트	고맙군. (방백) 아! 자식놈이 하나밖에 없으니! 하느님이 데려가신 딸자식이 아직 살아있다면, 상속을 시켜줄 텐데!

제5장

스카펭, 실베스트르

실베스트르	자네 정말 대단하구만, 일이 제대로 돌아가는데. 그런데 말야, 일을 잘 마무리하기 위해서는 돈이 필요할 거야. 도처에서 우리에게 돈, 돈하고 짖어대는 사람들이 있으니 말야.
스카펭	내게 맡겨, 좋은 수가 있어. 필요한 역할을 연기해 줄 믿을만한 사내를 찾아내면 돼. 잠깐, 어디 좀 보자. 건달처럼 모자

를 푹 눌러써 봐. 한 발에만 힘주고 서 봐. 손은 옆구리에 대고, 눈은 무섭게 부릅뜨고. 이제 연극에 나오는 제왕처럼 걸어봐. 아, 좋아. 따라 와. 얼굴도 목소리도 감쪽같이 바꾸어 줄테니까.

실베스트르 소송 따위에는 절대로 말려들고 싶지 않은데.

스카펭 자, 자, 위험한 일일수록 같이 하자구, 우린 형제잖아. 한 3년 정도 감방에서 썩는다고 해서 자네의 품격에 손상이 가겠나!

제2막

제1장
제롱트, 아르강트

제롱트 네, 이런 날씨라면 우리 가족이 틀림없이 오늘 도착할 겁니다. 타랑트에서 온 뱃사람 말이 배를 막 타려고 하는 우리 측 사람을 봤다는군요. 하지만 제 딸년이 도착하면 뭘 합니까? 계획했던 대로 일이 되지 않았으니. 내 참. 영감님 말씀은 우리 두 사람 계획이 수포로 돌아갔다는 거죠?

아르강트 너무 걱정 마세요. 제게 맡겨 주시면 장애물을 다 제거해버릴테니까요. 제가 손을 써보도록 하지요.

제롱트 아니, 아르강트 씨, 제 말씀 좀 들어보세요. 모름지기 자녀교육이란 퍽이나 신경쓰이는 일입니다.

아르강트 지당하십니다. 그런데 왜 그런 말씀을?

제롱트 젊은 아이들이 못되게 구는 건 다 제 애비가 제대로 교육을 못시킨 탓이라는 뜻에서 드리는 말씀입니다.

아르강트 때때로 그런 경우도 있지요. 그래서 어쨌다는 겁니까?

제롱트 그래서 어쨌냐구요?

아르강트 네.

제롱트 그러니까, 영감님이 아드님을 훌륭하게 가르치셨다면 그 따위로 애비를 속여먹지는 않았을 거라는 뜻이지요.

아르강트 그렇군요. 그래서 영감님은 자식을 제대로 가르치셨나요?

제롱트 물론이지요. 그 녀석이 그 비스무레한 행동을 하기만 해도 아마 끝장날 겁니다.

아르강트 그런데, 그렇게 훌륭하게 가르치신 아드님이 우리 아들놈보다 더 못된 짓을 했다면요, 네?

제롱트 뭐라구요?

아르강트 뭐라구요라니요?

제롱트 그게 무슨 말이지요?

아르강트 제롱트 씨, 제 말씀은 남의 행실을 쉽게 비난해서는 안된다는 겁니다. 남의 일에 토를 달기 전에 제 집안 단속부터 해야한다구요.

제롱트 무슨 말씀인지 모르겠군요.

아르강트 제가 설명해드리지요.

제롱트 혹 제 아들놈에 대해서 들은 얘기라도 있습니까?

아르강트 있을 수 있죠.

제롱트 그래서요?

아르강트 제가 속상해 하는 것을 보고 스카펭이 얼핏 얘기를 하더군요. 자세한 건 그 놈한테나 다른 누구한테서 듣도록 하세요. 전 당장 변호사를 만나 일을 어떻게 해결해야 할지 궁리해봐야겠어요. 그럼 안녕히.

제2장

레앙드르, 제롱트

제롱트 (혼자서) 대체 무슨 말이야? 자기 자식보다 더 못됐다구! 애비 허락도 없이 결혼을 하다니 그보다 못된 짓이 또 어디 있어? 아! 거기 있었구나!

레앙드르 (뛰어와서 아버지를 포옹하려하며) 아, 아버지! 돌아오셔서 정말 기뻐요.

제롱트 (아들을 밀치며) 잠깐, 우리 얘기부터 좀 하자.

레앙드르 반가와서 그래요.

제롱트 (그를 또 밀어내며) '잠깐' 이라고 했잖아.

레앙드르 반가워서 이렇게 기뻐하는 게 싫으십니까?

제롱트 그래. 먼저 따져볼 일이 있다.

레앙드르 뭔데요?

제롱트 똑바로 서서 날 봐.

레앙드르 뭐라구요?

제롱트 내 얼굴을 똑바로 쳐다봐.

레앙드르 네?

제롱트 무슨 일이 있었냐?

레앙드르 무슨 일이 있었냐구요?

제롱트 그래, 내가 없는 동안 무슨 짓을 했냐구?

레앙드르 아버지, 무슨 짓을 했어야 하는데요?

제롱트 네가 무슨 짓을 했어야 한다는 게 아니고, 무슨 짓을 했는지 묻는 거야.

레앙드르 전 아버지께 야단맞을 짓이라곤 한 게 없는데요.

제롱트 아무 것도?

레앙드르 네.

제롱트 틀림없으렷다.

레앙드르 네, 틀림없습니다.

제롱트 하지만 스카펭이 네 이야기를 하던데?

레앙드르 스카펭이요?

제롱트 아! 그 말을 들으니 뭔가 켕기는 모양이군.

레앙드르 그 녀석이 제 얘기를 했단 말이에요?

제롱트 여기서 이렇게 왈가왈부하기보다 딴 데 가서 얘기하자.[6] 집
　　　　으로 가는 게 좋겠다, 나도 곧 갈테니. 아! 배신자![7] 날 욕되
　　　　게 한다면 더 이상 내 아들이 아니야. 내 앞에서 영원히 사라
　　　　지는 게 좋을 거야.

제3장

옥타브, 스카펭, 레앙드르

레앙드르 이렇게 배신하다니! 비밀을 숨겨줘야 마땅할텐데 아버지께
　　　　냅름 일러바쳐? 망할 놈! 아! 맹세코 그 놈을 혼내주고야 말
　　　　겠다.

옥타브 아, 스카펭! 그렇게 신경을 써주다니, 자넨 진짜 사나이야! 자
　　　　네를 보내 나를 도와주다니, 하늘이 날 버리시진 않았군!

레앙드르 아! 아! 거기 계셨군. 망나니 나리. 이렇게 만나뵙게 되어 영
　　　　광입니다.

스카펭 송구스럽네요, 도련님. 그렇게 존칭을 쓰시다니요.

레앙드르 (손에 칼을 쥐고) 그렇게 못되게 놀려먹으시다니요? 맛을 보
　　　　여드리….

스카펭 (무릎을 꿇으며) 도련님!

옥타브 (레앙드르가 칼을 휘두르지 못하도록 그들 사이에 끼어들며) 아!
　　　　레앙드르!

레앙드르 아니, 옥타브, 말리지 마.

---

6) 제롱트는 이 대사와 함께 돌아서서 나가기 시작한다.

7) 아들을 향해 돌아서서 말한다.

스카펭   아이구! 도련님!

옥타브   (레앙드르를 붙들며) 제발!

레앙드르   (스카펭을 내려 치려 들며) 원한을 풀게 내버려 둬.

옥타브   레앙드르, 나와의 우정을 봐서라도 좀 참아.

스카펭   도련님, 대체 제가 뭘 잘못했다는 거예요?

레앙드르   (또 치려 하며) 뭘 잘못했냐고? 배신자.

옥타브   (그를 잡으며) 제발 참아!

레앙드르   아니야. 옥타브, 나한테 저지른 못된 짓을 모두 털어놓기 전에는. 망나니같은 놈, 무슨 짓을 했는지 다 알고 있어. 방금 전에 들었지. 그 비밀이 밝혀지리라고는 생각도 못했겠지? 자, 어서 말해. 아니면 단칼에 네 몸을 두 동강 내버리겠다.

스카펭   아이고, 도련님 어떻게 그러실 수 있습니까?

레앙드르   그러니까, 말해 봐!

스카펭   도련님께 무슨 짓을 했다는 겁니까?

레앙드르   개망나니, 양심이 있다면 그게 뭐였는지 잘 알 텐데.

스카펭   정말 모릅니다요.

레앙드르   (다시 베려 하며) 모른다고?

옥타브   (말리며) 레앙드르.

스카펭   좋아요, 도련님. 그렇게 원하신다면 말씀드리죠. 며칠 전, 도련님이 선물로 받으신 스페인 포도주 한 통을 친구들과 다 마셔버렸어요. 그리곤 통을 깨뜨리고 주위에 물을 퍼부어 포도주가 다 쏟아져나온 것처럼 보이게 했어요.

레앙드르   이 불한당, 스페인 포도주를 다 마셔버린 게 너란 말이지. 난 공연히 하녀만 야단쳤는데.

스카펭   네, 도련님. 용서해주세요.

레앙드르   사실을 알게 되어서 다행이군. 하지만 지금 알고 싶은 건 그 일이 아니야.

스카펭   그게 아니라고요, 도련님?

레앙드르   그보다 훨씬 더 심각한 일이야. 어서 말해봐.

스카펭   다른 일은 전혀 생각나지 않는데요.

레앙드르   (치려고 하며) 말하기 싫은가 보지?

스카펭   아이구![8]

옥타브   (말리면서) 살살해.

스카펭   네, 주인님. 사실 3주 전 저녁에 도련님이 사모하는 이집트 아가씨에게 시계를 하나 가져다 드리라고 하셨잖아요. 제가 옷에 온통 진흙을 묻히고 얼굴은 피투성이가 되어 집으로 돌아왔었죠. 그리곤 도둑을 만나 흠씬 두들겨 맞고 시계를 강탈당했다고 말씀드렸잖아요. 도련님, 실은 제가 가졌어요.

레앙드르   시계를 네가 가졌다고.

스카펭   네, 몇 시인지 궁금해서요.

레앙드르   아! 아! 정말 기막힌 사실들을 알게 되는군. 이렇게 충실한 하인을 두다니. 하지만 내가 알고 싶은 건 그것도 아냐.

스카펭   아니라구요?

레앙드르   그래, 이 파렴치한 놈아, 네가 고백할 일은 다른 일이야.

스카펭   (방백) 미치겠군!

레앙드르   어서 말해, 참을 수 없다.

스카펭   도련님, 그것뿐이에요.

레앙드르   (스카펭을 찌르려 하며) 그것뿐이라고?

옥타브   (몸으로 앞을 막으며) 어허!

스카펭   그래요! 좋아요,[9] 도련님. 반년 전 어느 날 밤 도련님을 몽둥

---

8) 작크 코포(Jacques Copeau)의 연출에서 스카펭은 얼굴을 땅에 박는다.

9) 작크 코포는 여기에서 도망치려던 스카펭이 다시금 붙들려 무릎꿇고 소리치도록 연출하였다.

이 찜질했던 늑대인간을 기억하시죠? 그때 도련님이 도망가 시다가 지하실로 떨어져 목이 부러질 뻔하셨잖아요.

레앙드르 그래서?

스카펭 그 늑대 인간이 바로 저였어요.

레앙드르 그게 바로 너였다구? 이 모가지를 비틀어 죽일 놈!

스카펭 그래요, 도련님. 다만 도련님께 겁을 좀 줘서 밤마다 제게 심 부름시키시는 습관을 고쳐드리려구요.

레앙드르 지금까지 네가 말한 것을 모두 다 기억해두겠다. 그건 그렇 고 우리 아버지께 일러바친 그 사실을 털어놓으란 말야.

스카펭 도련님 아버님께요?

레앙드르 그래, 우리 아버지께. 이 사기꾼아.

스카펭 제롱트 나리께서 돌아오신 후로 뵌 일조차 없는데요.

레앙드르 뵌 일조차 없다고?

스카펭 네, 도련님.

레앙드르 정말이지?

스카펭 정말이요. 나리께 물어보세요.

레앙드르 하지만 네가 고자질했다고 아버님한테서 들었는데.

스카펭 죄송한 말씀이지만, 나리께서 거짓말을 하신 거라구요.

제4장

카를르, 스카펭, 레앙드르, 옥타브

카를르 도련님, 좋지않은 소식을 전하러 왔습니다.

레앙드르 뭐라고?

카를르 이집트 사람들이 제르비네트 아가씨를 데려가려고 해요. 아

가씨께서 눈물이 글썽해서 속히 말씀을 전해 달라고 하시더
군요. 두 시간 안에 몸값을 가져오지 않으면 다시는 보실 수
없을 거라구요.

레앙드르   두 시간 안에?

카를르   네, 두 시간 안에.

레앙드르   아, 우리 귀여운 스카펭! 나를 좀 도와줘야겠어.

스카펭   (거만하게 레앙드르 앞으로 지나가며) "아, 우리 귀여운 스카
펭!", 아쉬워지니 "우리 귀여운 스카펭"이 되기도 하는구만.

레앙드르   자, 네가 방금 자백했던 걸 모두 용서해주지. 그보다 더한 짓
을 했더라도 말이야.

스카펭   아니에요. 용서하실 거 없어요. 제 몸뚱아리를 단칼에 두 동
강 내세요. 도련님 손에 죽는다면 얼마나 영광이겠어요.

레앙드르   아니야, 살려줄테니 나도 살게 좀 도와줘.

스카펭   아니, 아니, 절 죽이시는 게 좋을 거예요.

레앙드르   넌 정말 소중해. 제발 뭐든지 할 수 있는 멋진 솜씨를 날 위
해 발휘해 줘.

스카펭   아니요. 죽여 달라니까요.

레앙드르   아! 제발, 그런 생각은 하지도 말고 날 도와줘, 부탁이야.

옥타브   스카펭, 도련님을 도와드려야겠다.

스카펭   그 따위로 대접받고 어떻게요?

레앙드르   제발 아까 일은 잊어버리고 네 솜씨를 빌려줘.

옥타브   나도 같이 사정할게.

스카펭   가슴에 피멍이 들었는데요.

옥타브   잊어버려.

레앙드르   스카펭, 나의 사랑이 이렇게 잔인하게 끝장나도록 내버려두
겠어?

스카펭 제게 망신을 주고도 말인가요?

레앙드르 잘못했어. 내가 용서를 빌게.

스카펭 날 망나니, 사기꾼, 불한당, 파렴치한으로 취급하고도요!

레앙드르 진심으로 후회하고 있어.

스카펭 제 몸뚱아리를 단칼에 두 동강 내려고도 했잖아요!

레앙드르 이렇게 빌겠어. 무릎을 꿇으라면 꿇을테니 제발 날 버리지 마.

옥타브 이봐, 스카펭. 이제 그만 들어주지 그래.

스카펭 일어나세요. 다음부터는 그렇게 경솔하게 행동하지 마세요.

레앙드르 그럼, 날 위해서 일하겠다는 거지?

스카펭 생각해 보죠.

레앙드르 한시가 급해.

스카펭 걱정 마세요. 돈이 얼마나 필요하신데요?

레앙드르 5백 에퀴.

스카펭 그럼, 도련님은요?

옥타브 2백 피스톨.

스카펭 그 돈을 두 분 부친에게서 받아내기로 하죠. (옥타브에게) 도련님 부친에 대해서는 이미 작전을 세웠어요. (레앙드르에게) 도련님 부친은 아무리 인색하시다고해도 문제 없어요. 아시다시피 머리 속에 별로 저장된 게 없으시니까요. 그런 분쯤이야 언제든지 제 뜻대로 움직일 수 있죠. 이렇게 말한다고 해서 기분 나쁘지는 않으시겠죠? 도련님과 나리는 닮은 데라곤 요만치도 없으니까요⋯. 아, 저기 옥타브 도련님의 부친께서 오시는군요. 오시는 김에 이 일부터 시작하죠. 자, 가세요. (옥타브에게) 도련님은 실베스트르에게 연기하러 와야 할 때가 됐다고 말해 주세요.

제5장

아르강트, 스카펭

스카펭   (방백) 뭔가 생각에 잠겨있군.

아르강트   (혼자인 줄 알고) 그렇게 경솔하고 생각이 모자라다니! 덜컥 약혼을 해버려? 아! 정말 무모한 놈이야!

스카펭   나리, 저예요.

아르강트   아, 스카펭 너로구나.

스카펭   아드님 일을 생각하고 계세요?

아르강트   그 일 때문에 속상해서 미칠 지경이야.

스카펭   나리, 세상일이 어디 뜻대로 되나요. 그러니 항상 마음의 준비를 하시는 게 좋아요. 오래 전에 들은 격언이 하나 있어요.

아르강트   뭔데?

스카펭   아무리 잠깐 집을 비운다고 해도 한 집안의 가장은 집에 와서 알게 될 모든 나쁜 소식들에 대해 미리 생각해둬야만 한다. 예를 들어 집에 불이 났다든가, 도둑을 맞았다든가, 마누라가 죽었다든가, 아들이 병신이 되었다든가…. 그런 일이 하나도 일어나지 않았다면 다행으로 생각하라는 거지요. 저두요, 항상 이 교훈을 되새기며 살아가고 있어요. 외출했다 집에 돌아올 때면 늘 주인님의 노여움을 각오한다구요. 야단을 맞든가, 욕을 먹든가, 엉덩이를 몽둥이 찜질 당하든가, 채찍으로 맞든가 등등 말예요. 이런 일을 용케 피할 수 있다면 운이 좋다고 감사할 따름이지요.

아르강트   좋은 얘기야. 하지만 계획했던 결혼을 망쳐버린 그 엉뚱한 약혼 건은 도저히 용납할 수 없어. 그래서 파혼시키려고 변호사에게 다녀오는 길이다.

스카펭 그런데 나리, 사건을 다른 방식으로 해결하시는 게 더 좋을 듯 싶은데요. 요즘 세상에 소송이란 게 어떤 건지 잘 알고 계시죠? 가시밭길에 스스로 발을 들여놓는 거라구요.

아르강트 네 말이 맞다는 건 나도 알아. 하지만 다른 방법이 없잖아?

스카펭 묘안이 하나 떠올랐어요. 아까 그렇게 괴로워하시는 모습을 보고 안쓰러워서 도와드릴 방법을 궁리해 봤지요. 나리같이 훌륭한 분께서 자식 때문에 속썩으시는 걸 그냥 두고 볼 수 없어서요. 전 항상 나리의 인품에 각별한 존경심을 가져왔거든요.

아르강트 고마워.

스카펭 그래서 도련님이 결혼하신 아가씨의 오빠를 만나봤어요. 녀석이 대단한 직업을 가지고 있더군요. 아무렇지도 않게 칼을 휘두르고, 사람 해치는 이야기나 하고, 사람 죽이기를 포도주 한 잔 마시는 정도로 밖에 생각하지 않더라구요. 그래서 넌지시 결혼 얘기를 꺼내 보았죠. 그리고 도련님께 협박한 것 때문에 결혼이 쉽게 깨질 수도 있다고 설명했어요. 재판을 하는 데 있어, 아버지로서 나리의 특권, 재력, 친구 등이 얼마나 도움이 되는지 누누이 얘기했지요. 요렇게 조렇게 찔러보니까 돈만 좀 쥐어주면 해결되겠어요. 그러면 파혼에 동의할 겁니다.

아르강트 얼마나 요구했지?

스카펭 오! 처음엔 어마어마하게 부르더군요.

아르강트 그리고는?

스카펭 많이요.

아르강트 그 다음엔?

스카펭 5,6백 피스톨 정도는 있어야 한대요.

아르강트 5,6백 번 열이 올라 숨통이 콱 막혀 죽어버릴 놈! 누굴 놀리
나?

스카펭 제 말이 그 말이에요. 그래서 그런 제안일랑 일찌감치 거절
해버렸어요. 그 녀석한테 나리는 5,6백 피스톨을 내놓을만
큼 명청한 분이 아니라고 설명했죠. 이렇게 저렇게 흥정하
다가 결론을 봤어요. 그 녀석 말이 "내가 군대에 가야해. 준
비하는데 돈이 필요하니 합의를 보도록 하지. 말을 한 필 사
야하는데 최소한 60피스톨이 필요해."

아르강트 아, 좋아, 그 정도라면 줄 수 있지.

스카펭 "안장과 총도 필요해. 20피스톨쯤 더!"

아르강트 20에 60, 합이 80 피스톨이구먼.

스카펭 맞아요.

아르강트 좀 많지만, 할 수 없지.

스카펭 "하인 놈을 태울 말도 한 필 더 필요해. 30피스톨 더."

아르강트 뭐라구, 제기랄! 하인은 걸으면 돼. 하인에겐 안 돼.

스카펭 나리.

아르강트 안 돼. 당치도 않아.

스카펭 하인은 걸어가란 말입니까?

아르강트 싫으면 뛰라고 해. 주인도 마찬가지야.

스카펭 맙소사. 나리, 그깟 일로 너무 그러지마세요. 제발 부탁이니
소송할 생각일랑 마시고 필요한 만큼 내놓으세요.

아르강트 좋아. 그럼 30피스톨을 더 주지.

스카펭 "짐을 싣는 노새 한 마리가 더 필요한데"라고 덧붙이더군요.

아르강트 노새와 함께 지옥에나 떨어져라. 이거 너무 하잖아. 그냥 재
판을 하는 게 낫겠다.

스카펭 나리, 제발.

아르강트 안 돼, 한 푼도 안 돼.

스카펭 나리, 아주 작은 노샌데요?

아르강트 당나귀 한 마리도 안 돼.

스카펭 잘 생각해 보세요.

아르강트 소송을 걸겠어.

스카펭 무슨 말씀이세요? 뭘 하시겠다구요? 소송이 얼마나 귀찮은 일인데요. 공소와 재판, 그 짜증나는 소송 절차들을 생각해 보세요. 짐승같이 발톱을 바짝 세운 족속들을 다뤄야만 하는 일이라구요. 집달리, 검사, 변호사, 서기, 검사대리, 조사 위원, 판사, 서기보같은 놈들 말예요. 하찮은 일을 가지고도 죄 없는 사람들 모욕을 주기가 일쑤죠. 집달리가 영장을 잘못 송달해서 알지도 못하는 죄로 벌을 받게 되기도 하구요. 검사가 피고와 짜고는 엄청난 현금을 요구하기도 하지요. 변호사도 그런 식으로 배를 불리고는 변호하러 법정에 나타나지도 않거나, 나타나더라도 엉뚱한 말만 해대고 해야 할 말은 하지도 않아요. 서기는 실수로 선고를 내려 체포하려 들어요. 조사위원 서기보는 서류를 빼돌리고, 조사위원조차도 자기가 본 것을 제대로 보고하지 않죠. 운이 아주 좋아서 이 모든 걸 피했다고 할지라도 판사가 말 잘하는 신자나 애인 말에 넘어가 불리한 판결을 내리기도 하구요. 그러니 나리, 될 수 있으면 이런 지옥에 발을 들여놓지도 마세요. 소송 할 게 있다는 건 지상에서 추방되는 거나 마찬가지예요. 아이구, 소송이란 말만 들어도 인도에라도 가서 숨고 싶을 지경이에요.

아르강트 노새 한 마리에 얼마라고?

스카펭 노새, 말, 하인놈 말, 안장과 총, 그리고 여관 안주인에게 빚진 돈, 도합 2백 피스톨을 요구했어요.

아르강트　2백 피스톨이라고?

스카펭　네.

아르강트　(화가 치밀어 무대를 걸으면서) 그럼 소송하러 갈 거야.

스카펭　잘 생각해 보세요.

아르강트　소송할 거야.

스카펭　거기에 발을 들여놓으시렵니….

아르강트　소송한다니까.

스카펭　하지만 소송하려면 돈이 들잖아요. 영장에도 돈, 서류 등기에도 돈, 위임하는 데도 돈, 위임자 선정에도 돈, 위임자의 상담, 출두, 일당, 이 모든 게 돈, 변호사에게 주는 상담료와 변호료도 돈, 서류를 되돌려 받는데도 돈, 서류의 등본에도 돈, 검사대리의 보고서에도 돈, 판결을 받는데도 돈, 서기의 서류 기입에도 돈, 채권 차압에도 돈, 선고와 체포, 검인, 서명, 서기보의 평결사본에도 돈, 돈, 돈, 돈 온통 돈입니다요. 거기에다 선물도 줘야 하구요. 그 녀석한테는 단돈 2백 피스톨이면 그만 땡, 볼일 끝이라구요.

아르강트　뭐라구? 단돈 2백 피스톨?

스카펭　그게 오히려 이익이지요. 제가 나름대로 모든 소송비용을 계산해봤어요. 그 자에게 2백 피스톨을 주더라도 최소한 50 피스톨은 남는 장사예요. 나리의 걱정, 고생, 실망은 별도로 하고도 말이죠. 못된 변호사 녀석한테 공공연하게 바보같은 소리를 듣지않는 것만으로도, 2백이 아니라 3백 피스톨 쯤 기꺼이 주겠어요.

아르강트　아무 상관없어. 변호사가 무슨 말을 지껄여대도 말이야.

스카펭　그럼 맘대로 하세요. 하지만 제가 나리라면 소송만은 않겠어요.

아르강트 그래도 2백 피스톨은 안 돼.

스카펭 저기 그 자가 오네요.

제6장
실베스트르, 아르강트, 스카펭

실베스트르 (검객으로 변장하고) 스카펭, 옥타브의 아버지인 아르강트란 자가 누구지.

스카펭 왜 그러시죠?

실베스트르 듣자하니, 그 자가 소송을 걸어 내 누이의 결혼을 파혼시키려 한다는 거야.

스카펭 아르강트 나리가 그런 생각을 가지고 계셨는지 몰랐는데요, 어쨌든 원하시는 2백 피스톨은 줄 수가 없다는군요. 너무 많다는 거예요.

실베스트르 죽여버릴 거야! 모가지를 비틀고! 배때기를 찌르고! 보는 즉시 등뼈를 부러뜨려 줄 테다. 산 채로 마차바퀴에 깔려죽는 형벌을 받더라도. (아르강트는 검객의 눈에 띠지 않도록 스카펭의 등뒤에 몸을 숨기고 떨고 있다)

스카펭 옥타브의 부친은 용감한 분이라서 당신을 그렇게 두려워하지 않을걸요.

실베스트르 그놈이? 그놈이? 피를 말려 죽일 놈! 모가지를 비틀어 죽일 놈! 여기 나타나기만 하면 배때기를 쑤셔주고야 말 거야! (그러다가 문득 아르강트를 발견하고) 이 녀석은 누구야?

스카펭 아이고, 아니에요. 절대 아니에요.

실베스트르 그 녀석 친구 중 한 놈 아니야?

스카펭 아뇨, 그렇기는커녕 원수랍니다.

실베스트르 그 자의 원수라고?

스카펭 네.

실베스트르 아! 정말! 잘됐군. (아르강트에게) 당신이 아르강트라는 개쌍 놈의 원수란 말야?

스카펭 네, 제가 보장하죠.

실베스트르 (아르강트의 손을 쥐고 마구 흔들며) 악수합시다, 동지. 제 말을 믿으시오. 명예를 걸고, 칼을 걸고, 내 모든 걸 걸고 맹세합니다. 오늘 해가 떨어지기 전에 흉악한 악당, 아르강트라는 개쌍놈을 끝장내 드리지. 나만 믿으시라구.

스카펭 하지만 이 지방에서 폭력은 절대 허용되지 않는데요.

실베스트르 상관없어. 난 손해볼 게 없으니까.

스카펭 그 사람도 조심할 거예요. 친척에다, 친구, 하인들도 있으니, 그들이 막아줄걸요.

실베스트르 그래 보라지. 제기랄, 그래 보라구. (칼을 잡고 앞에 여러 명의 사람들이 있는 것처럼 사방으로 휘두른다) 아! 머리, 아! 배. 호위해줄 사람들과 함께 지금 그 자가 여기 있다면! 30명쯤 호위병을 데리고 내 눈 앞에 나타난다면! 손에 무기를 들고 떼로 덤벼준다면! 뭐라구, 못된 놈! 감히 나를 건드려! 자, 제기랄, 죽여! 용서없이 해치워! (여러 명과 싸우기라도 하듯 사방으로 칼을 휘두르며) 돌격, 이겨라, 찌르자. 힘이 솟는구나. 아! 망나니, 아! 악당. 여기를 찔러달라고. 그래, 실컷 맛 좀 봐라. 자, 기운내. 천치야. 기운내라구. 자, 발도 찔러줄까? 자, 그쪽 발도. 이 발. 저 발. (아르강트와 스카펭 쪽으로 몸을 돌려) 아니! 왜 피하는 거지? 똑바로 서 있어. 다리에 힘주고.

스카펭	에! 에! 에! 나리, 저희는 아니에요.
실베스트르	날 건드리는 놈은 이렇게 본 때를 보여주겠다는 거야. (퇴장)
스카펭	자! 단돈 2백 피스톨 때문에 얼마나 많은 사람이 죽을 수 있는지 잘 보셨죠? 돌격! 나리의 안녕을 빌겠습니다요.
아르강트	(벌벌 떨면서) 스카펭!
스카펭	뭐 할말 있으세요?
아르강트	2백 피스톨을 내놓겠어.
스카펭	그렇게 결정하시다니 정말 탁월한 선택이십니다.
아르강트	그 자를 찾으러 가자, 여기 돈이 있다.
스카펭	그 돈 저한테 주세요. 제가 갖다 주겠어요. 나리의 위신이 있지, 아까는 딴 사람이라고 했는데 어떻게 다시 만날 수 있겠어요? 게다가 그 자가 나리를 보면 돈을 더 달라고 할지도 몰라요.
아르강트	그래. 하지만 돈을 주는 걸 직접 확인했으면 좋겠는데.
스카펭	저를 못 믿으시겠다는 건가요?
아르강트	그런 건 아니지만…….
스카펭	체! 제가 사기꾼이든 정직한 사람이든, 둘 중 하나겠지요. 하지만 나리를 속여먹는다구요? 이 짓을 하면서 나리와 나리 사돈이 되실 우리 주인님 몰래 딴 맘을 먹고 있단 말이죠? 제가 그렇게 의심스러우시다면 여기서 손을 떼겠어요. 이제 나리 일을 봐드릴 다른 사람을 찾아보세요.
아르강트	정 그러면 가져 가.
스카펭	아니에요, 나리. 저에게 돈을 주지 마세요. 다른 사람에게 시키는 게 낫겠어요.
아르강트	제발 가져가라니까.
스카펭	아니에요. 저를 믿지 마시라니까요. 혹시 알아요. 제가 나리

돈을 모조리 꿀꺽해버릴지.

아르강트 가져가라고 하잖아, 더 이상 따지지 말고. 그나저나 그 놈을 만나게 되면 너도 조심하라구.

스카펭 제 걱정은 마세요. 그 자가 저 같은 놈한테야 관심이 있겠어요?

아르강트 난 집에 가서 기다리고 있겠어.

스카펭 일이 끝나면 들러보죠. (방백) 드디어 한 마리 처치했군. 이제 나머지 한 마리만 찾으면 돼. 아, 마침 오는군. 하느님이 한 마리 한 마리 차례로 그물에 걸려들게 하시는군.

제7장

제롱트, 스카펭

스카펭 (제롱트를 못 본 척하며) 오, 하느님! 오, 이런 비극이! 오, 가련한 아버지! 오, 불쌍한 제롱트 나리! 앞으로 어쩌시려나!

제롱트 (방백) 대체 나에 대해 무슨 소릴 하고 있는 거야, 저렇게 똥씹은 표정으로.

스카펭 (못 본 척하며) 누가 말해다오, 제롱트 나리가 어디에 계신지.

제롱트 스카펭, 대체 무슨 일이야?

스카펭 (못 본 척하며 무대 위를 뛰어다니며) 어딜 가면 나리께 이 불행한 사태를 전해드릴 수 있을까?

제롱트 (스카펭 뒤를 쫓아다니며) 도대체 뭐야?

스카펭 (같은 투로) 천지 사방으로 뛰어다녀도 찾을 수 없구나!

제롱트 나 여기 있네.

스카펭 (같은 투로) 아무도 찾지 못할 곳에 꼭꼭 숨어계시는 모양이야!

제롱트　(스카펭을 잡아 세우며) 이봐, 너 장님이냐? 나 여기 있다구.

스카펭　어, 나리, 도대체 뵐 수가 있어야지요.

제롱트　한 시간 전부터 네 앞에 있었다, 이놈아! 대체 왜 그러는 거야?

스카펭　나리….

제롱트　뭐야?

스카펭　아드님께서….

제롱트　그래, 내 아들이….

스카펭　세상에서 가장 기막힌 불행에 빠지셨습니다.

제롱트　뭔데?

스카펭　조금 전에 도련님을 뵈었는데 나리께 무슨 말씀을 들었는지 모르지만 몹시 언짢아 하시더라구요. 저까지 괜히 끌어들이셨더군요. 그래서 기분전환이나 할까 해서 부둣가로 산책을 나갔죠. 근사한 터키 유람선이 한 척 있더군요. 인상 좋은 터키 젊은이 한 사람이 저희더러 배에 타라는 거예요. 그래서 올라타니 온갖 환대를 하며 식사대접을 하더군요. 지금까지 먹어본 것 중 최고로 맛있는 과일과 세상에서 가장 좋은 포도주까지 맛봤어요.

제롱트　그런데 도대체 뭐가 잘못됐다는 거야?

스카펭　이제 얘기합니다, 나리. 우리가 먹고 있는 동안 배는 부두를 멀리 떠나왔고 놈은 나를 쪽배에 태워보내면서 나리께 이 말을 전하라는 거예요. 5백 에퀴를 즉각 가져오지 않으면 아드님을 알제리로 잡아가겠다구요.

제롱트　뭐라고! 제기랄, 5백 에퀴?

스카펭　네, 나리. 게다가 두 시간의 여유밖에 주지 않았어요.

제롱트　아! 불한당같은 터키 놈! 날 이렇게 죽이려 하다니!

스카펭	나리, 모든 게 나리께 달렸습니다. 사랑하시는 아드님을 빨리 구해내세요.
제롱트	도대체 어쩌자고 유람선엔 탄 거야?
스카펭	글쎄, 누가 이런 일이 벌어질 줄 알았겠어요.
제롱트	어서 가, 스카펭, 가서 그 터키놈한테 말해. 법의 심판을 받게 해주겠다고.
스카펭	바다 한가운데서 심판이라구요! 누굴 놀리십니까?
제롱트	도대체 어쩌자고 유람선엔 탄 거야?
스카펭	재수가 없다보면 때때로 그런 일이 생기기도 하죠.
제롱트	스카펭, 이럴 때 자네가 충성스러운 하인 노릇 좀 해줘야겠어.
스카펭	뭔데요, 나리?
제롱트	터키놈한테 가서 이렇게 말해. 내 아들을 돌려달라고. 그리고 돈이 마련될 때까지 네가 대신 잡혀있겠다고.
스카펭	나리, 제 정신으로 하시는 말씀입니까? 그 터키 놈이 아드님 대신 저같은 놈을 잡아둘만큼 덜 떨어졌을 거라고 생각하세요?
제롱트	도대체 어쩌자고 유람선엔 탄 거야?
스카펭	이런 나쁜 일은 상상도 못했던 거죠, 나리. 두 시간밖에 주지 않았다니까요.
제롱트	그들이 요구하는 게….
스카펭	5백 에퀴.
제롱트	5백 에퀴! 양심도 없나?
스카펭	터키 놈들에게 양심은요?
제롱트	5백 에퀴가 얼마나 큰 돈인지 알고 하는 말이야?
스카펭	네, 나리. 천 오백 리브르라는 걸 잘 알고 있던데요.

제롱트	망할 놈, 천 오백 리브르나 되는 돈이 땅바닥에 굴러다니는 줄 아는 모양이지?
스카펭	그런 건 알려고도 하지 않는 놈들이에요.
제롱트	그런데 도대체 어쩌자고 유람선엔 탄 거야?
스카펭	글쎄 말이에요. 하지만 누가 알았겠어요? 서두르세요.
제롱트	자, 여기 내 옷장 열쇠가 있다.
스카펭	좋아요.
제롱트	그걸 열어.
스카펭	아주 좋아요.
제롱트	왼쪽에 커다란 열쇠가 있을 거야. 내 헛간 열쇠야.
스카펭	네.
제롱트	거기 큰 광주리에서 헌 옷을 꺼내다가 고물장수한테 팔아넘겨. 그 돈으로 내 아들을 구하러 가라구.
스카펭	(열쇠를 돌려주며) 나리, 꿈을 꾸시는 겁니까? 그거 다 팔아봐야 1 리브르도 못 받아요. 게다가 시간도 없구요.
제롱트	그런데 도대체 어쩌자고 유람선엔 탄 거야?
스카펭	오! 쓰잘 데 없는 말씀만 하시는군요. 지금 유람선이 문제가 아니에요. 시간이 급해요. 아드님을 구하느냐 마느냐가 문제죠. 아! 불쌍한 우리 도련님 생전에 다시는 뵐 수 없겠군요. 지금 이 시각에도 당신은 노예가 되어 알제리로 끌려가고 있겠죠! 하늘만은 알아주리라, 당신을 위하여 내 이렇게 최선을 다했다는 것을, 그리고 당신을 결국 되찾지 못한 건 아버지의 냉혹함 때문이라는 것을!
제롱트	잠깐, 스카펭, 내가 돈을 마련해 오지.
스카펭	그럼 빨리 서두르세요, 나리, 시간이 다 될까 조마조마하네요.
제롱트	4백 에퀴라고 했지?

스카펭   아니, 5백 에퀴.

제롱트   5백 에퀴?

스카펭   네, 5백.

제롱트   도대체 어쩌자고 유람선엔 탄 거야?

스카펭   옳으신 말씀입니다. 하지만 정말 시간이 없어요!

제롱트   다른 데로 산책할 수는 없었던 거야?

스카펭   그러게 말이에요. 하지만 급하다니까요!

제롱트   아! 그 저주스러운 유람선!

스카펭   (방백) 유람선이란 말이 머리에서 떠나질 않는군.

제롱트   자, 스카펭, 조금 전에 금화로 천 오백 리브르를 받은 게 있
            었는데 내가 깜빡했군. 이렇게 금방 강탈당할 줄은 몰랐어.
            (돈주머니를 꺼내 스카펭에게 내밀긴 하지만 그래도 주려고는 하
            지 않은 채 열이 올라 팔을 이쪽 저쪽으로 움직이면, 스카펭도 주
            머니를 잡으려고 그렇게 한다) 자! 가서 아들놈을 찾아와.

스카펭   (손을 내밀며) 네, 나리.

제롱트   (스카펭에게 주려고 했던 주머니를 다시 채어들고) 하지만 그
            터키 놈에게 정말 악질이라고 욕을 해줘.

스카펭   (팔을 여전히 내민 채로) 네.

제롱트   (같은 동작) 파렴치한이라고.

스카펭   네.

제롱트   (같은 동작) 신앙심도 없는 놈, 도둑놈이라고.

스카펭   그리고 말고요.

제롱트   (같은 동작) 불법적으로 5백 에퀴를 강탈하는 거라고.

스카펭   네.

제롱트   (같은 동작) 내 눈에 흙이 들어가도 주기 어려운 피같은 돈이
            라고.

스카펭	잘 알겠어요.
제롱트	언제고 보기만 하면 반드시 복수하고야 말겠다고 말이야.
스카펭	네.
제롱트	(돈주머니를 다시 호주머니에 집어넣고 가려하며) 가, 어서 가서 아들을 찾아와.
스카펭	(뒤를 쫓아가며) 어어! 나리.
제롱트	뭐야?
스카펭	돈은 어디 간 거예요?
제롱트	내가 안 줬나?
스카펭	아뇨, 나리께서 호주머니에 다시 넣으셨잖아요.
제롱트	아! 너무 슬픈 나머지 잠깐 정신이 나갔었군.
스카펭	그러시겠죠.
제롱트	도대체 어쩌자고 유람선엔 탄 거야? 아! 저주받을 유람선, 악마에게나 물려갈 불한당 터키 놈.
스카펭	(혼자) 내가 빼앗은 5백 에퀴가 아까워 미칠 지경인가 보군. 하지만 이걸로 계산이 다 끝난 건 아니지. 아까 아들놈에게 나를 중상모략했겠다, 응분의 대가를 치르게 해주지.

제8장

옥타브, 레앙드르, 스카펭

옥타브	자 스카펭, 내 일은 어떻게 됐어?
레앙드르	우리 애인을 구해낼 만한 무슨 방법을 찾았어?
스카펭	(옥타브에게) 여기 아르강트 나리한테서 빼앗은 2백 피스톨입니다.

옥타브   아! 정말 고마워!

스카펭   (레앙드르에게) 도련님 쪽은 실패했어요.

레앙드르   (몸을 돌려 가려 하며) 그러면 죽으러 가야겠군. 제르비네트 없이 무슨 낙으로 산단 말이야.

스카펭   어! 잠깐만요. 뭐가 그렇게 급해요.

레앙드르   (되돌아보며) 그럼 어떻게 하라구?

스카펭   여기 가지고 왔어요.

레앙드르   (되돌아보며) 아! 네가 날 살려주는구나.

스카펭   하지만 조건이 있어요. 아버님께서 저를 모략하신 데 대해 제가 좀 복수해도 되겠죠?

레앙드르   마음대로 해.

스카펭   모든 사람 앞에서 맹세하시는 거죠?

레앙드르   그래.

스카펭   자, 여기 5백 에퀴요.

레앙드르   아, 빨리 가서 이 돈으로 사랑스런 그녀를 찾아와야지.

제3막

제1장

제르비네트, 이아생트, 스카펭, 실베스트르

실베스트르 도련님들께서, 두 분이 여기 함께 계셨으면 하셔서, 이렇게 모시게 됐습니다.

이아생트 (제르비네트에게) 정말 잘 됐네요. 같이 있게 돼서 기뻐요. 그 분들처럼 우리도 친해지길 바래요.

제르비네트 저도 그래요. 친구 사귀는 건 언제나 환영이죠.

스카펭 그럼 사랑은요?

제르비네트 사랑은 경우가 다르지요. 약간의 위험이 더 따르니까요. 전 그렇게까지 과감한 사람이 아니에요.

스카펭 저희 도련님은 과감하신 것 같은데요. 아가씨를 위해서 도련님이 그토록 애쓰셨으니 그걸 봐서라도 마땅히 용기를 내셔야지요.

제르비네트 아직 완전히 믿을 수는 없어요. 그 분이 지금껏 내게 해주신 것만으로 마음을 놓을 순 없다구요. 전 원래 쾌활한 성격이라 늘 웃고 지내기는 하지만 어떤 일에 대해서는 진지하답니다. 당신 주인이 날 돈으로 구해낸 건 고마운 일이예요. 그러나 그걸로 날 완전히 소유해도 된다고 믿는다면 그건 착각이예요. 돈 뿐 아니라 다른 것도 필요하다구요. 도련님이 원하는 사랑을 얻으시려면 남들처럼 격식에 따라 사랑을 바치셔야 해요.

스카펭   그게 바로 도련님 생각이에요. 도련님은 자신의 명예를 걸고 진심으로 아가씨를 사랑하세요. 그렇지 않다면 제가 애당초 이 일에 끼어들지도 않았을 겁니다.

제르비네트   저도 말씀하신 대로 믿고 싶어요. 하지만 그 아버지 쪽에서 반대하시지 않을까요.

스카펭   어떻게든 해결해 봐야죠.

이아생트   (제르비네트에게) 우리 두 사람이 비슷한 처지여서 그런지 더욱 친밀하게 느껴지는군요. 똑같은 걱정을 하며 똑같은 고통을 겪고 있으니까요.

제르비네트   그래도 당신은 나보다 나아요. 적어도 부모가 누군지는 알고 있잖아요. 부모님의 도움으로 일을 해결해서 행복을 손에 쥘 수도 있고 이미 치른 결혼에 대해 허락을 얻어낼 수도 있을 테니까요. 하지만 나는 누구 하나 의지할 사람이 없어요. 돈만 바라시는, 그 분 아버님의 마음을 달래드릴 재간이 없네요.

이아생트   하지만 당신이 더 유리할 수도 있어요. 엉뚱하게도 다른 여자가 나타나서 당신의 사랑을 넘보지는 않잖아요.

제르비네트   애인의 변심이 가장 두려운 일은 아니에요. 상대방의 마음을 붙잡아두는 일에는 자신있으시잖아요. 두 사람의 사랑에 있어 제일 무서운 것은 아버지의 반대죠. 그 앞에서는 아무 것도 소용없어요.

이아생트   아! 어째서 순수한 사랑을 가로막는 걸까요? 두 마음을 하나로 이어주는 사랑에 장애물만 없다면 얼마나 달콤하겠어!

스카펭   무슨 소리예요. 평탄한 사랑만큼 단조롭고 재미없는 건 없어요. 행복이란 일단 이루어지면 권태로 변하고 말죠. 살다 보면 좋은 일 나쁜 일 모두 겪게 마련이에요. 어려움이 있어야 의욕도 생기고 즐거움도 커지는 법이라구요.

제르비네트 스카펭, 구두쇠 영감한테 돈을 뜯어낸 이야기 좀 들려주세요. 그렇게 재미있다면서요. 나한테 얘기해서 손해보지는 않을 거예요. 이야기의 대가로 항상 신나게 웃어 주거든요.

스카펭 그거라면 실베스트르가 나 못지않게 잘 얘기해 줄 거예요. 난 누구에겐가 멋지게 복수할 생각으로 꽉 차있거든요.

실베스트르 너 무슨 못된 일을 꾸미려고 그러냐?

스카펭 난 원래 모험을 즐기잖아.

실베스트르 내가 말했지. 그런 짓은 그만 둬. 말 들어.

스카펭 난 내 맘대로 할 거야.

실베스트르 대체 무슨 장난을 하려고?

스카펭 무슨 걱정이야?

실베스트르 쓸데없이 몰매맞을 짓을 할까봐 그러지.

스카펭 흥! 몰매맞는 건 내 등짝이지 네 등짝이 아니라구.

실베스트르 그래, 네 몸뚱아리 주인은 너다. 맞든지 말든지 마음대로 해.

스카펭 그깟 위험에 꺾일 내가 아니지. 뒷 일을 걱정해서 아무것도 못하는 겁쟁이는 싫다구.

제르비네트 (스카펭에게) 우린 당신 도움이 필요해요.

스카펭 자, 가세요. 나도 곧 가요. (방백) 마음 속 깊이 묻어둬야 할 비밀을 털어놓아서 공연히 화를 자초하는 게 아닌지 모르겠군.

제2장

제롱트, 스카펭

제롱트 아! 스카펭, 아들놈은 어떻게 됐지?

스카펭 도련님은 잘 모셔왔습니다, 나리. 그런데 이번에는 나리께 정말 무서운 일이 닥쳐왔어요. 꼼짝말고 집에 돌아가 계세요.

제롱트 뭐라구?

스카펭 지금 이 순간에도 놈들이 나리를 죽이겠다고 사방 팔방 찾고 난리예요.

제롱트 나를?

스카펭 네.

제롱트 대체 누가?

스카펭 옥타브 도련님과 결혼한 여자의 오빠죠. 나리 따님을 옥타브 도련님께 시집보내려고 하시는 통에 자기 누이의 결혼이 깨질 거라고 믿고 있어요. 그래서 나리께 원한을 품고 나리를 죽여서 명예를 회복하려고 해요. 그 녀석과 동료 검객들까지 모두 동네방네 수소문하며 나리를 찾고 있습니다. 저도 여기저기서 그 놈들을 봤는데, 눈에 띄는 사람마다 붙잡고 심문하더군요. 나리 집 앞 길목마다 떼를 지어 지키고 있어요. 그러니 나리는 집에도 가실 수 없고, 이쪽 저쪽 어느 쪽으로도 꼼짝할 수 없게 되신 거예요. 섣불리 움직였다가는 놈들에게 붙들리기 십상이거든요.

제롱트 스카펭, 어쩌면 좋지?

스카펭 글쎄요, 나리. 뭐 이런 일이 다 있지요? 나리 일을 생각하니 머리끝부터 발끝까지 온몸이 떨리네요. 잠깐, 누구지? (뒤돌아보더니 무대 끝으로 누가 있나 보러가는 척한다)

제롱트 (떨면서) 어!

스카펭 (되돌아오며) 아, 아, 아, 아무도 없군요.

제롱트 도와줘, 좋은 방법이 없을까?

스카펭 한 가지 방법이 있죠. 하지만 그러다가 제 목이 날라갈지도 모르는데요.

제롱트   아, 스카펭, 네가 나의 충실한 종이란 걸 증명할 기회야. 제발 날 버리지 마.

스카펭   저도 그러고 싶어요. 제가 나리를 얼마나 좋아하는데, 괴로움을 겪으시는 걸 그냥 두고 볼 수 있겠어요?

제롱트   은혜는 꼭 갚겠네, 장담하지. 이 옷도 줄게, 조금 더 입은 다음에.

스카펭   잠깐. 나리를 도울 아주 좋은 방법이 있습니다. 이 보따리 속으로 들어가 보세요. 그리고….

제롱트   (누가 온 걸로 생각하고) 아!

스카펭   아니, 아니, 아니, 아니, 아무도 안 왔어요. 이 속으로 들어가셔야 한다니까요. 그리고 절대 움직이시면 안 돼요. 그럼 제가 짐을 짊어진 것처럼 해서 놈들 사이를 빠져나가 집까지 모셔다 드리죠. 집에 가기만 하면 문을 꼭 걸어잠그고, 도움을 청할 수도 있어요.

제롱트   좋은 생각이야.

스카펭   최고죠. 두고 보세요. (방백) 내게 사기친 걸 이제 갚아주지.

제롱트   뭐라구?

스카펭   놈들이 겁준 걸 갚아주게 될 거라구요. 어서 쑥 들어가세요. 무슨 일이 있어도 절대 고개를 내밀거나 움직여서는 안 됩니다.

제롱트   그렇게 할게. 아주 얌전히 있지….

스카펭   어서 숨어요. 나리를 찾는 자객이에요.

          (목소리를 바꾸어) "뭐라! 제롱뜬지 뭔지, 죽여 버려. 놈이 어디 있는지 아무도 몰라?"[10]

---

10) 다른 사람인양 목소리를 바꾸어 말하며, 가스콘뉴사투리를 사용하여 b와 v를 바꾸고, 모음 "으"를 "에"로 발음하여 희극적 효과를 높이는 것으로 설정되어 있다.

(제롱트에게 자기 목소리로) 꼼짝 말고 계세요.

(목소리를 다시 바꾸어) "씨버럴. 땅속에 숨어있더라도 찾고야 말걸."

(다시 제 목소리로) 고개를 내밀면 안돼요.

(목소리를 바꿀 때마다 가스콘뉴 지방 사투리를 계속 쓰며 연기한다)

"거기 보따리 가진 놈!"

네, 나리.

"제롱트란 놈이 어딨는지 가르쳐 주면 1루이 주지."

제롱트 나리를 찾으시나요?

"그래, 찾고 있어."

대체 왜요, 나리.

"왜냐고?"

네.

"씨버럴! 이 몽둥이로 실컷 패주려고 그러지."

그런 분께 몽둥이질이라니요, 그런 대접을 받을 분이 아니라구요.

"아니긴 뭐가 아니야, 제롱트놈은 바보 멍청이, 못된 쓰레기라구."

제롱트 나리는 절대로 바보 멍청이, 못된 쓰레기가 아니에요. 제발 점잖게 말씀하세요.

"뭐라구, 니가 이 형님께 건방떠는 거야?"

그런 훌륭한 분을 욕하시다니, 안될 말씀이지요.

"너, 제롱트 녀석의 친구로구나."

네, 그렇습니다.

"아! 씨버럴! 친구 좋아하시네!" (보따리를 지팡이로 여러 번 내

려친다)

"자! 친구 대신 맞아 봐."

에구, 에구, 에구, 에구! 나리. 에구, 에구! 나리, 흥분하지 마
시구! 에구! 살살, 에구, 에구, 에구!

"가서 이렇게 때려주라구. 난 간다."

아! 악마같은 촌놈! 아!

(자기가 맞은 것처럼 등을 움직거리며 불평한다)

제롱트 (보따리 밖으로 목을 내놓고) 아! 스카펭, 더 못참겠어.

스카펭 아! 나리, 아파서 죽을 지경이에요. 어깨가 으스러지는 것 같
아요.

제롱트 뭐라구! 맞은 건 내 어깬데.

스카펭 아니에요. 나리, 제 어깨라니까요.

제롱트 무슨 소리야, 내가 맞았는데. 지금도 얼얼해.

스카펭 아니죠, 몽둥이 끝이 나리의 어깨에 닿았을 뿐이에요.

제롱트 그럼 내가 맞지 않도록 네가 좀 떨어져 줬어야지.

스카펭 (제롱트의 머리를 자루 속에 다시 쳐넣으며) 조심하세요, 수상
한 놈이 또 나타났어요.

(가스콘뉴 지방의 언어를 구사하며 유희를 진행한다)

"이봐, 종일토록 뛰어 다녔는데도 제롱트 자식을 찾을 수 없
군."[11]

(제롱트에게 제 목소리로) 꼼짝 말고 계세요.

(다시 목소리를 바꾸어 가며 대화 형식으로 이어간다)

"말좀 해봐, 멍청아, 이 신사 나리가 제롱트 자식이 어디 있
는지 알고 싶으시다!"

---

11) 여기서 d를 t로, v를 f로, b를 p로 바꾸는 독일계 사투리도 섞어 사용하여 더욱 희극적 효과를
높인다.

아니, 저는 제롱트 씨가 어디 있는지 몰라요, 나리.

"바른 대로 대지 못해? 그 자식한테 큰 볼일이 있는 건 아니야. 단지 몽둥이로 등짝을 한 열번쯤 갈겨주고 가슴을 칼로 한 네 번쯤 쑤셔주려는 것 뿐이니까."

나리, 정말 어디 있는지 모른다니까요.

"그 자루 속에서 뭔가 움직이는 것 같은데."

아이구, 별거 아니에요.

"거기 분명코 뭔가 사연이 있어."

절대로 없어요, 나리.

"그 자루를 한 번 칼로 푹 찔러보고 싶은데."

아! 나리, 참으세요.

"이 멍청아, 그 속에 뭐가 있나 보여 달란 말이야."

흥분하지 마시고! 나리.

"뭐라? 흥분하지 마시고?"

제가 가지고 있는 걸 봐야, 별 볼 일 없으실텐데요.

"난 별 볼 일 있단 말이야."

볼 일 없어요.

"하! 말장난하나?"

제 헌 옷 나부렁이예요.

"이 멍청아, 열어 보라니까!"

못해요.

"못해?"

네.

"몽둥이 맛을 봐야겠군."

그런건 겁나지 않아요.

"하! 웃기고 자빠졌네!"

(자루를 내리치며 맞는 것처럼 소리지른다)

아이쿠, 아이쿠, 아이쿠! 아! 나리! 에구, 에구, 에구!

"그럼 이만 가지. 그 따위로 건방지게 말한 데 대한 쬐끄만 성의표시다."

아이쿠, 지옥으로 떨어질 씨버럴 놈! 아야!

제롱트 (자루에서 머리를 내밀며) 아이구! 아파 죽겠네.

스카펭 아이쿠! 전 이미 죽었어요.

제롱트 제기랄, 왜 내 등을 때리는 거야?

스카펭 (제롱트의 머리를 자루 속에 다시 쳐넣으며) 조심하세요. 이번에는 여섯 명이 떼로 몰려와요.

(여러 사람의 목소리로 바꾸어가며)

자, 여기 저기 제롱트란 녀석을 찾아 봐. 걷는 수고를 아끼지 말고. 온 마을을 뒤져 보라구. 샅샅이 다 뒤져. 이쪽 저쪽 가리지 말고 다. 어디부터 시작할까? 저리로 돌지. 아니야, 이쪽이야. 왼쪽, 오른쪽, 아니야. 좋아.

(제롱트에게 제 목소리로) 가만 계세요.

"아! 동지들, 여기 그 녀석 하인 놈이 있어. 이 놈, 네 주인은 어디 있지? 말해 봐."

아, 나리들, 절 때리진 마세요.

"그러니까 어디 있는지 순순히 대. 말하라구. 빨리. 안내해. 서둘러. 어서."

아, 나리들. 살살좀.

(이때 제롱트, 자루 밖으로 고개를 내밀고 스카펭의 간계를 알아차린다)

"네 주인놈을 당장 찾아내지 않으면 몽둥이로 한바탕 소나기를 퍼부어줄테다."

"끝장내 버릴거야."

주인님이 있는 곳을 말하느니 차라리 제가 당하고 말죠.

"그럼 죽여주지."

마음대로 하세요.

"맞고 싶어 환장했구나."

결코 주인님을 배신할 수 없어요.

"하! 그럼 어디 맛 좀 볼래? 얏!"

으악!

스카펭이 제롱트가 들어가 있는 자루를 치려는 순간 제롱트가 자루에서 뛰쳐나온다. 스카펭, 도망 간다.

제롱트　　에이, 이 더러운 놈! 이 배신자! 이 악질! 날 죽이려고 하다니!

제3장

　제르비네트, 제롱트

제르비네트　(제롱트를 보지 못하고 큰소리로 웃으면서) 아하하! 바람 좀 쐬
　　　　　　야지.

제롱트　　(혼자 있는 줄 알고) 두고 보자. 혼내 주고 말겠어.

제르비네트　(아직도 제롱트를 보지 못하고) 아하하하! 정말 웃기는 얘기야,
　　　　　　등신같은 늙은이!

제롱트　　조금도 웃길 것 없어. 웃을 필요까지 있나?

제르비네트　네? 뭐라구요, 아저씨?

제롱트　　날 놀리지 않는 게 좋을 거라구.

제르비네트 아저씨를요?

제롱트 그래.

제르비네트 뭐라구요? 누가 아저씰 놀린다는 거예요?

제롱트 왜 여기 와서 나를 비웃지?

제르비네트 아저씨랑은 상관없는 일이에요. 방금 전에 들은 얘기 때문에 웃고 있어요. 그렇게 재밌는 얘기는 세상에 또 없을 거예요. 저와 관련된 일이어서 그런지, 자식이 아버지께 사기쳐서 돈을 뜯어냈다는 이 얘기 보다 더 재미있는 건 못들어봤어요.

제롱트 자식이 애비에게 돈을 뜯어냈다고?

제르비네트 그래요. 그렇게 조르시지 않더라도 얘기해 드릴게요. 전 알고 있는 얘길 뭐든지 남에게 안 해주곤 못배기는 성격이거든요.

제롱트 궁금한데. 얘기해 봐요.

제르비네트 하고 말고요. 얘기해도 별일 없겠죠? 언제고 본인도 알게 될 테니까요. 전 우연히 이집트 사람들 무리에 끼어 살게 되었어요. 그들은 이 마을 저 마을 돌아다니며 점도 쳐주고 이것 저것 하는 사람들이었죠. 이 마을에 도착했을 때 한 젊은이가 저를 보고 사랑에 빠졌어요. 그때부터 그 사람은 내 뒤를 졸졸 따라다녔고, 다른 젊은이들처럼 일단 말로만 고백하면 일이 끝날 걸로 믿고 있었죠. 하지만 전 차갑게 대해서, 그 생각이 잘못됐다는 걸 알게 했지요. 그래서 그 사람은 제 일행에게 자기 마음을 알렸고 그들은 얼마간 돈을 받으면 저를 내주겠다고 했던가봐요. 하지만 문제는 제 애인이 대부분 젊은이들과 마찬가지로 무일푼이라는데 있었죠. 아버지가 돈은 많아도 이 세상 최고 구두쇠에다 성격까지 못됐거든요. 잠깐만요. 그 사람 이름이 뭐라더라? 흠! 생각 좀 해보세요. 이 마을에서 제일가는 구두쇠로 소문났다던데요?

제롱트	몰라.
제르비네트	이름에 '롱'이라는 자가 붙던데…. 롱뜨던가. 오르 … 오르롱뜨. 아니야. 제… 제롱트. 맞아. 바로 제롱트야, 그게 바로 제가 말한 그 욕심쟁이 영감탱이 이름이에요. 얘기를 계속하죠, 오늘 저희 패거리는 이 마을을 떠나려고 했어요. 제 애인은 돈도 없고 해서 저를 놓칠 뻔했죠. 그 집 하인이 기발한 꾀를 내서 아버지의 돈을 뜯어내지 않았다면요. 제가 그 하인 이름만큼은 정확하게 기억하고 있어요. 바로 스카펭! 정말 멋진 사내예요. 아무리 칭찬해도 모자랄 지경이라니까요.
제롱트	(방백) 아! 이런 개망나니 같은 놈!
제르비네트	그 영감을 속여먹기 위해서 바로 이런 계략을 썼대요. 아, 하, 하, 하! 생각만해도 웃음이 터져나와 미칠 지경이에요. 아하하! 그 구두쇠 영감탱이한테 가서 말하길, 아하하! 당신 아드님과 부둣가를 거닐다가, 하하! 어떤 터키 유람선을 봤는데 안으로 들어오라기에 들어가니, 터키 젊은이 한 사람이 음식을 대접했다는 거예요, 하하! 그래서 먹고 있는데 배는 떠나버리고 터키인은 스카펭만 쪽배에 태워 보내며, 5백 에퀴를 당장 가져오지 않으면 알제리로 아들을 잡아간다고 협박했다고 했대요. 아하하! 우리 구두쇠 욕심쟁이 영감탱이는 심한 갈등에 휩싸였어요. 돈이냐 자식이냐를 놓고 말예요. 그에게 5백 에퀴의 돈을 내놓는 것은 5백 번이나 칼로 찔리는 것과 같은 일이니까요. 아하하! 선뜻 그 돈을 뱉어낼 결심이 서지 않았죠. 돈은 아깝고 자식은 구하고 싶고, 벼라별 엉뚱한 궁리를 다 해댔지요. 하하! 바다 한 가운데서 터키 유람선을 법의 심판에 넘기겠다는 둥, 아하하! 하인에게 그 아까운 돈을 끌어 모을 동안 아들 대신 붙잡혀 있으라는 둥.

아하하! 5백 에퀴를 만들기 위해 30에퀴도 나가지 않을 헌 옷 몇 가지를 팔라고 하는 둥 말이에요. 아하하! 하인은 그런 궁리들이 아무 쓸모없다고 누누이 말했지만 영감은 말 끝마다 "도대체 어쩌자고 유람선엔 탄 거야! 아! 저주받은 배! 불한당 터키 놈!"라고 되씹더래요. 오랫동안 한탄하고 고민하다가 마침내…. 그런데 아저씨는 제 얘기가 전혀 재미있지 않으신 모양이죠? 어떻게 생각하세요?

제롱트 그 젊은이는 못되고 건방진 놈이야. 자기가 저지른 소행으로 아버지한테 벌을 받아 마땅하지. 이집트 계집도 소갈딱지 없는 몹쓸 년이지, 훌륭한 분께 욕을 퍼붓고 양가집 자식을 꾀어내러 왔다는 것을 떠벌이다니. 그리고 그 하인 놈도 죽어 마땅해. 내일이 되기 전에 제롱트 씨가 교수대로 보내버리고 말걸.

제4장

실베스트르, 제르비네트

실베스트르 도대체 무슨 짓을 한 거죠? 당신이 방금 이야기를 나눈 사람이 당신 애인의 아버지란 걸 알고 있어요?

제르비네트 어째 좀 이상하다 생각했죠. 그런 줄도 모르고 그 사람 얘기를 했지 뭐예요.

실베스트르 뭐라구요, 그 사람 얘길요?

제르비네트 네, 그 얘기에 푹 빠져서 누구에게라도 얘기하고 싶어 미칠 지경이었다구요. 하지만 뭐 어때요? 그 사람은 좀 기분이 나쁘겠지만요. 그렇다고 우리 일이 더 좋아지거나 더 나빠지기라도 하겠어요?

실베스트르 아가씨는 끝없이 지껄여대는 취미가 있군요. 자기 일을 그렇게 떠벌이다니, 대단한 수다야.

제르비네트 다른 사람한테 들었을 수도 있는 일 아녜요?

제5장
아르강트, 실베스트르

아르강트 아! 실베스트르.

실베스트르 (제르비네트에게) 집으로 가 계세요. 주인 나리께서 절 부르십니다.

아르강트 망나니 같으니라구. 셋이 짰지? 스카펭과 너, 그리고 아들놈까지 셋이서 나를 속이려 들다니. 내가 모를 줄 알았어?

실베스트르 아녜요, 나리, 스카펭이 나리를 속이려는 걸 알았다면 저는 거기서 손을 뗐을 겁니다. 전 절대 모르는 일이에요.

아르강트 모든 걸 알아내고야 말 거야. 불한당같은 놈, 알아내고야 말 거라구. 난 등신이 아니야.

제6장
제롱트, 아르강트, 실베스트르

제롱트 아, 아르강트 씨. 보시다시피 괴로워서 죽을 지경입니다.

아르강트 저 역시 미칠 지경입니다.

제롱트 망할 놈의 스카펭 녀석이 나한테 사기쳐서 5백 에퀴나 뜯어

갔어요.

아르강트   바로 그 망할 놈의 스카펭 녀석이 나한테도 사기를 쳐서 2백 피스톨이나 집어 삼켰어요.

제롱트   5백 에퀴만 삼켰으면 괜찮게요. 나를 어떻게 욕보였는지 말하기조차 부끄럽군요. 대가를 치루게 될 거예요.

아르강트   왜 그따위 연극으로 나를 속여 넘겼는지 따져봐야겠어요.

제롱트   나도 그놈에게 단단히 본때를 보여주고 말 거예요.

실베스트르   (방백) 하느님, 제발, 이 복수극에서 저를 지켜주시옵소서.

제롱트   이게 전부가 아니랍니다, 아르강트 씨. 불행은 항상 또 다른 불행을 부르지요. 오늘 전 딸을 만날 기대에 부풀어 한 가닥 위안으로 삼고 있었는데, 방금 이런 말을 전해 들었지 뭡니까. 딸년이 벌써 오래 전에 타랑트를 떠났는데 지금쯤은 배와 함께 바다 속으로 가라앉아 버렸을지도 모른다는 거예요.

아르강트   헌데 어째서 당신은 딸과 함께 재미나게 살지 않고 타랑트에 두고 왔지요?

제롱트   다 그럴 만한 이유가 있었지요. 집안 사정 때문에 지금까지 재혼한 걸 숨겨야만했어요. 그런데 이게 누구야?

제7장[12]

네린, 아르강트, 제롱트, 실베스트르

제롱트   아니! 유모잖아?

네린   (제롱트의 발밑으로 몸을 던지며) 아이구, 팡돌프 나리….

---

12) 《포르미오》의 결말 부분(5막 1장)에서 이 장을 빌어 왔다. 그런데 몰리에르는 희극의 종결부에 좀 더 속도감을 주고 있다.

제롱트	그 이름으로 부르지 말고, 제롱트라 부르게. 타랑트에서는 그 이름을 써야만 했지만, 지금은 그럴 필요 없어.
네린	아이구! 이름을 바꾸셔서 나리를 찾기가 그렇게 힘들고 어려웠군요!
제롱트	딸과 아내는 어디 있지?
네린	따님은 멀지 않은 곳에 있습니다, 나리. 그런데 아가씨를 데려 오기 전에 용서부터 빌어야겠어요. 나리를 찾지 못해 외롭게 지내다가 얼마 전에 결혼을 하셨답니다.
제롱트	내 딸이 결혼을 했다고!
네린	네, 나리.
제롱트	도대체 누구하고?
네린	아르강트 씨의 아들 옥타브라는 젊은이하고요.
제롱트	오, 하느님!
아르강트	그렇게 만나다니!
제롱트	자, 어서 데려가 줘. 그 애가 있는 곳으로 데려가 달라구.
네린	이 집으로 들어오시면 되요.
제롱트	앞장 서게. 아르강트 씨, 따라 오세요, 같이 갑시다.
실베스트르	이렇게 기막힌 일이 다 있다니!

제8장

스카펭, 실베스트르

스카펭	자! 실베스트르, 다들 뭘 하고 있지?
실베스트르	자네에게 두 가지 소식이 있네. 하나는 옥타브 도련님 건이 잘 해결됐다는 거야. 우리 이아생트 아가씨가 제롱트 나리

의 딸이라는 게 밝혀졌지. 우연찮게도 아버지들이 하려던 대로 된 거야. 또 하나는 두 노인네가 자네를 단단히 벼르고 있다는 거야. 특히 제롱트 나리가.

스카펭 별거 아니군. 협박 따위는 전혀 겁나지 않아. 우리 머리 위로 멀리 지나가는 구름과 같지.

실베스트르 조심해, 자식들은 부모와 금방 화해할 수 있어. 자네만 꼼짝없이 당하게 될걸.

스카펭 두고 봐. 화를 가라앉혀 줄테니.

실베스트르 피해, 저기 나온다.

제9장

제롱트, 아르강트, 실베스트르, 네린, 이아생트

제롱트 자, 아가, 집으로 가자. 네 어머니만 함께 있다면 더 이상 기쁜 일이 없을 텐데.

아르강트 마침 옥타브가 오는군.

제10장

옥타브, 아르강트, 제롱트, 이아생트, 네린, 제르비네트, 실베스트르

아르강트 어서 와라, 얘야. 너의 결혼이 잘 이루어지게 되었으니 함께 축하하자. 하느님은….

옥타브 (이아생트를 보지 못한 채) 싫습니다, 아버지. 아무리 결혼하

라고 말씀하셔도 헛일이에요. 아버님께 거짓말은 않겠어요. 제가 결혼을 약속했다는 사실을 전해 들으셨지요.

아르강트 그래. 하지만 너 아직 모르지….

옥타브 알아야 할 것은 다 알고 있습니다.

아르강트 내가 말하고자 하는 것은 제롱트 씨의 딸이….

옥타브 제롱트 씨의 딸은 저와 아무 상관없어요.

제롱트 그 딸이 바로….

옥타브 (제롱트에게) 안됩니다. 죄송합니다. 저는 이미 결심했어요.

실베스트르 (옥타브에게) 도련님, 들어보세요.

옥타브 닥쳐, 아무 말도 듣고 싶지 않아.

아르강트 (옥타브에게) 네 신부는….

옥타브 안돼요, 제 말 들으세요, 아버지. 사랑하는 이아생트와 헤어질 바에는 차라리 죽어 버리겠어요. (무대 위를 가로질러 이아생트에게로 간다) 네, 아버지께서 아무리 뭐라 하셔도 소용없습니다. 제가 선택한 여자는 바로 이 여자예요. 죽을 때까지 이 여자만을 사랑할 겁니다. 다른 여자는 싫습니다.

아르강트 그러니까 그 여자를 네게 준다잖아. 제 얘기만 하는 멍청이 같은 자식!

이아생트 (제롱트를 가리키며) 그래요, 옥타브, 이 분이 바로 제가 찾던 우리 아버지에요. 더 이상 걱정할 게 없어요.

제롱트 자, 모두 집으로 가자. 여기 보다는 집에서 얘기하는 게 낫겠다.

이아생트 (제르비네트를 가리키며) 아버지, 제발, 이 분과 함께 있게 해 주세요. 참 좋은 분이에요. 아버지도 이 분의 장점을 알면 마음에 드실 거예요.

제롱트 네 오빠가 제멋대로 사랑하는 이 여자를 내 집에 들이란 말이냐! 방금 나에게 온갖 조롱까지 퍼부어 댄 그 여자를 말이야!

제르비네트 제발, 용서해 주세요. 제롱트 씨이신 줄 알았더라면 그런 짓은 하지 않았을 거예요. 제롱트 씨에 대해서는 명성만으로 알고 있었거든요.

제롱트 뭐라구, 명성이라구?

이아생트 아버지, 오빠가 이 분을 사랑하는 게 무슨 죄가 되나요? 이 분이 정숙한 여인이라는 건 제가 보증해요.

제롱트 잘 돼 가는군. 날 더러 이런 여자를 며느리로 맞으라고? 신분도 모르고 떠돌아 다니는 여자를!

제11장

레앙드르, 옥타브, 이아생트, 제르비네트, 아르강트, 제롱트, 실베스트르, 네린

레앙드르 아버지, 제가 재산도 없고, 출신도 알 수 없는 여자를 사랑한다고 언짢아하지 마세요. 이 여자를 데리고 있던 사람들에게 방금 들었는데, 원래 이 마을의 좋은 가문 출생이라는군요. 네 살 때 그놈들에게 붙잡혀간 거예요. 여기 팔찌를 하나 받았는데 이걸로 부모를 찾을 수 있답니다.

아르강트 아이쿠, 맙소사! 바로 그맘 때 잃어버린 우리 딸이로구나.

제롱트 당신 딸이라구요?

아르강트 네, 맞아요. 모습을 보아하니 제 딸이 틀림없어요.

이아생트 오, 하느님! 어쩌면 이런 일이 있을 수 있죠!

제12장

카를르, 레앙드르, 옥타브, 제롱트, 아르강트, 이아생트,
제르비네트1, 실베스트르, 네린

카를르 아! 여러분, 큰일났습니다.

제롱트 뭐야?

카를르 불쌍한 스카펭이….

제롱트 모가지를 매달아 죽일 나쁜 놈이지.

카를르 아이구! 나리, 그러실 필요가 없게 됐습니다. 어느 건물 앞을 지나가다가 머리 위로 떨어진 석공의 망치를 맞았지 뭡니까. 머리통이 깨지고 골이 다 삐져나와 버렸어요. 녀석은 지금 죽어가고 있어요. 죽기 전에 여러분께 할 말이 있으니 이리로 데려가 달라고 부탁했어요.

아르강트 어디 있나?

카를르 바로 저기요.

제13장

스카펭, 카를르, 제롱트, 아르강트 등

심하게 부상당한 듯 머리에 붕대를 감은 스카펭을 두 남자가 메고 들어온다.

스카펭 아이구, 아야! 여러분. 저 좀 보세요…. 아야, 아야. 볼 만하지요. 아야. 눈을 감기 전에 제가 괴롭혀 드렸던 모든 분들께 사죄하러 왔습니다. 아야! 그래요, 여러분. 숨을 거두기 전에

제가 저지른 모든 죄를 용서해 주실 것을 진심으로 부탁드립니다. 무엇보다도 아르강트와 제롱트 나리께 말이죠. 아야!

아르강트   그래 용서하지. 자, 편히 가거라.

스카펭   (제롱트에게) 나리야말로, 제가 몽둥이질로 화나시게 했으니….

제롱트   더 이상 말할 것 없다. 나도 용서하지.

스카펭   그렇게 몽둥이질을 하다니 전 정말 미친 놈….

제롱트   그만 두자.

스카펭   죽어가면서도 몽둥이질이 너무도 마음에 걸려….

제롱트   맙소사, 입 닥쳐.

스카펭   나리께 그렇게도 못되게 몽둥이질을….

제롱트   입 닥치라잖아, 난 다 잊어버렸어.

스카펭   아이구! 이렇게 고마울 데가! 그럼 너그러운 마음으로 용서해 주시는 거죠, 나리. 그 몽둥이….

제롱트   그만! 더 이상 아무 말도 하지마, 모두 용서했어. 이제 끝난 일이야.

스카펭   아! 나리, 그 말씀을 들으니 이제 좀 마음이 놓이는군요.

제롱트   그래, 하지만 너를 용서하는 것은 네가 죽는다는 조건하에서야.

스카펭   뭐라구요, 나리?

제롱트   네가 살아난다면 용서를 취소하겠어.

스카펭   아이고, 아야! 또 다시 힘이 빠져나가는구나.

아르강트   제롱트 씨, 이렇게 경사스럽고 기쁜 날, 아무런 조건 없이 용서해 주시는 게 어떨까요?

제롱트   알겠습니다.

아르강트   자, 식사하러 갑시다. 그리고 이 기쁨을 모두 함께 나누도록 합시다.

스카펭   그럼 저는요! 저기 식탁 끄트머리로 옮겨주세요, 거기서 죽기를 기다릴게요.[13]

〈막〉

---

13) 몰리에르 시대의 공연에서부터 유래하여, 이 장면에서 스카펭은 바닥으로 내려서서 대사를 하고는 다시 의기양양하게 실려서 나간다.

수전노

L' Avare

1668

등장인물

아르파공[1]   클레앙트와 엘리즈의 아버지로서 마리안을 사랑함.

클레앙트   아르파공의 아들, 마리안의 연인.

엘리즈   아르파공의 딸, 발레르의 연인.

발레르   앙셀므의 아들, 엘리즈의 연인.

마리안   클레앙트의 연인으로서 아르파공의 사랑을 받음.

앙셀므   발레르와 마리안의 아버지.

프로진   중매장이.

시몽 영감   재단사.

작크 영감   요리사이자 아르파공의 마부.

라 플레슈   클레앙트의 하인

클로드 부인 아르파공의 하녀

브랭다부안 아르파공의 몸종

라 메를뤼슈 아르파공의 몸종

경찰서장

서기

무대 배경은 파리이다.

---

1) '아르파공' 이라는 단어는 그리스어에서 왔는데 '욕심 많은' 혹은 '육식성 조류'를 의미하고, 라틴 어로는 '갈퀴'를 뜻한다.

제1막

제1장
발레르, 엘리즈

발레르 사랑스런 엘리즈, 무슨 일이죠? 그처럼 기꺼이 사랑의 맹세를 하다가 이렇게 침울해지시다니요? 난 이처럼 기쁜데 웬한숨입니까? 날 행복하게 만든 것이 후회스러운가요? 내가밀어붙여 성사시킨 약혼에 대해 유감이 있나요?

엘리즈 아니요, 발레르, 당신에게 관련된 그 어떤 일에 대해서도 후회하지 않아요. 너무도 달콤한 힘에 이끌리고 있다고 느껴져요. 일이 이렇게 되지 말았어야 한다고 바랄 마음은 추호도없답니다. 하지만 솔직히 말해서 앞으로 어떻게 될지 걱정이돼요. 당신을 지나치게 사랑하는 것은 아닌가 두렵기도 하구요.

발레르 아니, 엘리즈, 날 좋아하는데 대체 무엇이 두렵지요?

엘리즈 오만가지 것들이 다 문제예요. 아버지가 화내실 일, 가족들이 나무랄 일, 세상 사람들이 수군댈 일…, 하지만 무엇보다발레르, 당신 마음이 제일 걱정이에요. 순진한 여성들의 거침없는 사랑에 대해 당신네 남자들은 차갑게 등돌리기 일쑤잖아요.

발레르 아! 다른 사람들에 비추어 날 판단하지 말아요. 당신에 대해소홀한 점이 없는지 의심하려면 차라리 나의 모든 것을 의심하세요. 당신의 그런 모습이 더욱 사랑스럽군요. 내 목숨 다

하도록 당신을 사랑할 거예요.

엘리즈   아! 발레르, 누구나 그렇게 말해요. 말로서는 남자들을 판단할 수 없어요. 행동을 봐야 알지요.

발레르   행동을 통해서만 우리를 판단할 수 있다면, 서서히 내 행동을 보고 내 마음을 판단하세요. 지레짐작으로 공연히 날 원망하지 말구요. 가당치도 않은 의심을 퍼부어 날 괴롭히지 말고 제발 내가 당신을 얼마나 진실되게 사랑하는지 당신을 납득시킬 시간 여유를 줘요. 얼마든지 증거를 보여줄 테니.

엘리즈   아! 사랑하는 사람의 말에는 이처럼 쉽게 넘어가고야 말지요! 그래요. 발레르, 당신이 절 속일 분이 아니란 걸 잘 알아요. 당신이 절 진실되게 사랑하고, 절대로 배반하지 않으시리란 걸 믿어요. 그 점에 대해 추호도 의심하고 싶지 않아요. 다만 주위 사람들의 비난을 받지나 않을까 두려울 따름이지요.

발레르   그런데 웬 걱정이에요?

엘리즈   누구나 당신을 저처럼 바라봐 준다면 아무 걱정 없을 거예요. 당신은 제 사랑을 받을 만한 충분한 자격이 있어요. 하늘이 당신과 절 맺어주신 고마운 인연 덕으로 제 마음은 당신의 훌륭한 점에 이끌리고만 있답니다. 저희를 처음 만나게 한 그 엄청난 사건을 언제나 되새겨 보지요. 당신은 거친 물결로부터 제 목숨을 구해 주기 위해 용감하게도 기꺼이 목숨을 걸으셨어요. 절 물 밖으로 끌어낸 후 제게 베풀었던 애정 어린 간호, 시간이 흘러도 어려움이 닥쳐와도 꺾이지 않았던 열렬한 사랑의 표현, 결국 당신은 부모도 고향도 저버리고 이 곳에 머무르게 되었죠. 제 곁에 있겠다는 일념으로, 신분을 숨기고 기꺼이 저의 집 하인[2]이 되기까지 하셨으니

---

2) 엘리즈 곁에 있기 위하여, 발레르는 아르파공의 집사가 되기를 자청하였다.

까요. 이 모든 일로 말미암아 제 마음에 기적이 일어났어요. 그래서 당신과 자연스럽게 약혼을 하게 되었잖아요. 하지만 이것만으로 다른 사람들에게 저희 약혼을 설득시키기에 부족해요. 제 마음을 이해해줄지 자신이 없다구요.

발레르   내가 당신으로부터 사랑받을 만하다면 그건 오로지 당신에 대한 나의 사랑 덕분일 겁니다. 당신이 염려하는 점들에 대해서는, 당신 아버님 스스로 모든 사람들에게 이미 충분히 설명해 놓은 것과 다름없어요. 지독한 구두쇠에다 자식들을 대하는 가혹한 태도 때문에 자식들이 어떤 일을 한다 해도 사람들은 양해할 테니까요. 당신 앞에서 이렇게 말하는 걸 용서해 줘요. 하지만 그 점에 대해서라면 좋은 말을 할 수 없다는 걸 잘 알고 있지요? 내가 바라는 대로 우리 부모님을 다시 만날 수 있다면, 그분들로부터 동의를 얻는 일은 어렵지 않을 거예요. 그분들 소식을 애타게 기다리고 있어요. 더 늦어진다면 직접 나서서 알아볼 겁니다.

엘리즈   아! 발레르, 제발 여길 떠나지 말아요. 아버지 마음에 들 수 있도록 애써보시면 되잖아요.

발레르   내가 아버님 마음에 들기 위해 얼마나 신경을 써야만 했고, 어떻게 행동하고 있는지 당신도 잘 알잖아요? 환심을 사기 위해서 마음에서 우러나오는 것처럼 친절하게 대해드리고, 다른 사람이 되기라도 한 듯이 노력하고 있어요. 그것도 이젠 많이 늘어서 남의 마음을 사는 데에는, 취향을 맞춰 주고 맞장구를 쳐주며 결점도 추켜 주고 하는 일마다 칭찬해주는 것이 최고라는 걸 알게 되었어요. 찬사가 지나치지 않은지 걱정할 필요도 없고, 가식이 드러나 보여도 상관없어요. 교활한 사람들이 오히려 아첨에는 더 잘 넘어가거든요. 그 어떤 무례하고 우스꽝스러운 일이라도 칭찬으로 양념해 준다면 꿀꺽 삼켜버릴 수 있게 되지요. 이런 일을 하다보면 양심에 거리끼기는 하지만 사람을 이용하려면 맞춰 줘야만 해요. 그렇게 해야만 마음을 움직일 수 있으니, 아첨을 하는 사람보다는 아첨을 원하는 사람에게 잘못이 있는 셈이죠.

엘리즈 그런데, 우리들 비밀이 새어나갈 때를 대비해서 오빠를 우리 편으로 끌어 들여야 하지 않을까요?

발레르 두 사람을 한꺼번에 다룰 수는 없어요. 아버지랑 오빠는 기질이 너무도 달라서 동시에 마음을 얻을 수 없다구요. 하지만 당신이야말로 오빠가 우리 편이 되도록 남매 간의 정에 호소해 봐요. 마침 저기 오시는군요. 난 물러갑니다. 이 참에 잘 얘기해 보세요. 하지만 기회를 잘 봐가면서 해야 할 거예요.

엘리즈 잘 해낼 수 있을지 자신이 없어요.

제2장
클레앙트, 엘리즈

클레앙트 마침 혼자 있었구나. 너에게 털어놓고 싶은 이야기가 있었는데.

엘리즈 오빠, 무슨 이야기든 들어드릴게요. 어서 얘기해 봐요.

클레앙트 할 말은 많지만 한마디로 말해서, 나, 사랑에 빠졌단다.

엘리즈 사랑에 빠졌다구요?

클레앙트 그래, 사랑에 빠졌어. 그렇지만 무엇보다도 자식으로서 아버지에게 의존하고 있고 아버지 뜻에 따라야 한다는 것을 알고 있어. 우리를 낳아주신 부모님의 동의 없이는 약혼할 수 없고, 하늘의 뜻에 따라 우리의 사랑 문제는 부모님 의사에 달려있어서, 다만 그분들이 이끄는 대로 행동해야 하며, 그분들은 광적인 열정에 끌려가지 않고 기만에 빠지지 않으며 우리보다 우리 일을 더 정확하게 파악하신다는 것도 잘 알아. 우리들의 맹목적 열정보다는 신중하신 그분들의 가르침을 신뢰해야 한다는 것, 젊은 혈기는 우리를 파멸의 구렁텅이에 빠트리기 십상이라는 것 등등도 말이지. 네가 나에게 이런 말을 하는 수고를 덜어주려고 이렇게 장황하게 늘어놓은 거야. 사랑에 빠져서 어떤 말도 들리지 않으니 제발 훈계 같은 건 하지 말아라.

엘리즈 오빠, 사랑하는 그분과 이미 약속을 하신 사이에요?

클레앙트 아니, 하지만 이미 마음을 정했어, 그러니 다시 말하는데, 내 마음을 돌이킬 생각은 아예 말아라.

엘리즈 오빠, 내가 그렇게도 이상한 사람 같아요?

클레앙트 아니야. 하지만 넌 아직 연애를 안 해 봐서 사랑이 우리 마음에 가져다 주는 감미로운 충격을 몰라. 넌 사리분별이 너무나 뚜렷해.

엘리즈 아! 오빠, 사리분별이 뚜렷하다니요. 일생에 한번 정도 분별을 잃지 않는 사람이 있을까요. 제 마음 속 이야기를 털어놓으면 오빠보다 오히려 제가 더 분별 없다는 걸 알게 될 걸요.

클레앙트 얼마 전 이 마을로 이사를 온 젊은 여자가 있는데 누구나 보기만 하면 사랑에 빠질 만한 사람이란다. 조물주가 그보다 더 사랑스러운 사람을 만들어 내지는 못했을 거야. 난 그 여자를 보자 마자 넋을 잃었어. 이름은 마리안이라고 하는데 앓고 계신 어머님을 극진히 보살펴 드리면서 살고 있어. 보는 사람을 감동시킬 만큼 정성껏 모시고 돌보며 위로해 드리지. 일거수 일투족에 매력이 넘쳐흐르고, 우아하기 이를 데 없어. 상냥하기 짝이 없는 마음씨에다 지극히 헌신적이고 정숙하며… 아! 네가 그녀를 직접 보았더라면 좋을텐데.

엘리즈 오빠, 말만으로도 충분히 짐작이 가요. 오빠가 사랑하는 여자라니 어련하겠어요.

클레앙트 은밀히 알아보니 살림이 넉넉하지 않은 모양이야. 알뜰하게 살아가고는 있지만 생활을 꾸려나가기가 힘들다는구나. 엘리즈, 사랑하는 사람에게 필요한 것을 제공해 줄 수 있다면, 덕망있게 살아가는 한 가정에 요긴한 도움을 줄 수 있다면 얼마나 기쁘겠니? 하지만 구두쇠 아버지 탓에 이런 기쁨을 전혀 누릴 수 없고 그녀에게 사랑을 표현할 수도 없으니 얼마나 안타까운지!

엘리즈 오빠 고충이 어떤지 충분히 알 만해요.

클레앙트 엘리즈, 생각보다 훨씬 더 심각해. 그처럼 자식들한테 인색하게 하시고 돈도 안 주시니 정말 너무하시지 않냐. 우리가 다 늙어서 꼬부라진 뒤에 돈을 상속받은들 무슨 소용이야? 지금은 생활해나가는 데에만도 사방에다 빚을 지고, 검소하게 차려입으려 해도 너나 나나 허구한 날 장사치들 도움을 청해야 하니 말이야. 엘리즈, 제발 부탁이니 날 위해서 아버지 의중 좀 떠볼 수 있겠니? 만약 아버지께서 탐탁치 않게 여기신다면 하늘에다 운을 맡기고 그녀와 함께 어디론가 떠나버릴 생각이야. 그럴 작정으로 여기 저기 돈을 좀 부탁해 놓았지. 엘리즈, 네 사정도 나와 다를 바 없고 아버지가 끝내 우리들 의사를 모른 척 하신다면, 우리 같이 이곳을 떠나자. 그토록 오랫동안 지긋지긋하게도 우리를 구속하던 구두쇠 아버지로부터 벗어나는 거야.

엘리즈	아버지 등쌀에 날이면 날마다 돌아가신 어머니 생각이 간절해요.
클레앙트	아버지 인기척이 들린다. 저리로 피해서 얘기를 끝내자. 우리 힘을 합쳐 아버지 외고집을 꺾어 버리는 거야.

제3장

아르파공, 라 플레슈

아르파공	잔말 말고 어서 꺼져. 내 집에서 썩 나가란 말이야. 지독한 협잡꾼, 악당 녀석!
라 플레슈	(방백으로) 저렇게 못된 늙은이는 난생 처음이야. 모르긴 몰라도 악마한테 홀린 모양이야.
아르파공	뭘 중얼거려?
라 플레슈	왜 절 쫓아내시는 거죠?
아르파공	깡패 녀석, 그걸 나한테 묻다니! 때려눕히기 전에 썩 나가.
라 플레슈	도대체 제가 뭘 잘못했다는 겁니까?
아르파공	널 내쫓고 싶도록 만들었다. 왜?
라 플레슈	도련님께서 기다리라는 분부를 내리셨는걸요.
아르파공	그럼 거리에 나앉아서 기다리든지 말든지 해. 그렇게 내 집에 말뚝처럼 떡 버티고 서서 염탐이나 슬슬 하면서 이득을 챙기려 하지 말고. 난 내 눈앞에 염탐꾼이 얼씬거리는 꼴 못 봐. 고약스런 눈으로 일거수 일투족을 일일이 감시하고 내 가진 것들을 샅샅이 훑어보면서 뭐 집어갈 게 없나 궁리하고 있잖아.
라 플레슈	나리 물건을 감히 어떤 작자가 훔치겠어요? 물건이란 물건

은 죄다 감춰두고 밤낮으로 감시하고 계신데 어떻게 훔쳐간 단 말예요?

아르파공 내 물건 내 멋대로 감춰두고 내 맘대로 지킨다. 왜? 네 놈이 야말로 남의 일이나 엿보는 염탐꾼이잖아? (방백으로) 내 돈 냄새를 맡지나 않았나 걱정인걸. (큰 소리로) 내가 집에다 돈 을 숨겨놓았다고 동네방네 소문내고 다니는 놈이 바로 네 놈이지?

라 플레슈 돈을 숨겨 놓으셨다구요?

아르파공 이 놈, 그 말이 아냐. (방백으로) 미치겠구만. (큰 소리로) 네 놈이 그런 뜬소문을 내고 다닌 게 아닌가 해서 묻는 거야.

라 플레슈 허 참, 돈을 숨기셨든 안 숨기셨든 저희들과는 아무런 상관 이 없을 텐데 대체 왜 그러세요?

아르파공 잘도 억지를 부리는군! 따귀를 갈겨줄 테다. (손을 들어 으른 다) 다시 한번 말하는데 썩 꺼져.

라 플레슈 좋아요. 갑니다.

아르파공 잠깐. 뭘 가져가는 거지?

라 플레슈 뭘 가져가겠어요?

아르파공 이리 와 봐. 좀 보게. 손 좀 내 봐.

라 플레슈 자요.

아르파공 다른 쪽두.

라 플레슈 다른 쪽이요?

아르파공 그래.

라 플레슈 여기요.

아르파공 (바지를 가리키며) 이 안에 뭐 숨긴 거 없어?

라 플레슈 직접 확인해보세요.

아르파공 (바지 아래쪽을 더듬으며) 이 넓은 바지 통이 훔친 물건들을 숨겨두긴 제격이지. 그런 도둑놈은 목을 매달아야 해.

라 플레슈 (방백으로) 아! 이따위 인간은 도둑질 좀 당해도 싸. 그럴 수 만 있다면 얼마나 좋을까?

아르파공 뭐라구?

라 플레슈 뭐가요?

아르파공 도둑질이 어쩌구 저째?

라 플레슈 제가 도둑질을 했나 안 했나 샅샅이 뒤지고 계시다구요.

아르파공 바로 그러려고 한다, 이 놈아. (라 플레슈의 주머니를 뒤진다)

라 플레슈 (방백으로) 구두쇠 노랭이 영감 나가 뒈져라.

아르파공 뭐? 뭐라고 했지?

라 플레슈 뭐라고 했냐구요?

아르파공 그래, 구두쇠 노랭이가 어떻다구?

라 플레슈 구두쇠 노랭이는 나가 뒈지라고 했어요.

아르파공 누구 말이야?

라 플레슈 구두쇠요.

아르파공 구두쇠가 누구냐고?

라 플레슈 노랭이죠.

아르파공 그게 누구냐 말이야?

라 플레슈 무슨 상관이세요?

아르파공 그래야만 하니까 그러지.

라 플레슈 나리에 대해서 말한 줄 아시죠?

아르파공 내 판단은 정확해. 그러니까 아까 그 말을 했을 때 누굴 가리 킨 건지 이실직고 해.

라 플레슈 전 … 제 자신에게 말한 것 뿐이에요.

아르파공 난, 바로 네 놈 자신에게 한방 먹여줄 수도 있어.

라 플레슈 구두쇠 욕을 못하게 하시려구요?

아르파공 그게 아니고, 허튼 소릴랑 못하게 하려고 그래. 그러니 입닥
쳐.

라 플레슈 아무한테도 욕한 적 없어요.

아르파공 또 입 놀리면 패 줄 테다.

라 플레슈 남의 비판이 옳은 줄 알면 자신의 행실을 고쳐야 하느니.

아르파공 닥치지 못해?

라 플레슈 말이 저절로 나오는 뎁쇼?

아르파공 아! 아!

라 플레슈 (웃저고리의 주머니를 보여주며) 자, 여기 주머니가 또 있네요.
보시렵니까?

아르파공 뒤지지 않을 테니 어서 순순히 내놔.

라 플레슈 뭐라구요?

아르파공 가져간 것 말이야.

라 플레슈 털끝 하나 손대지 않았는 걸요.

아르파공 확실히?

라 플레슈 확실하죠.

아르파공 그럼 이만. 냉큼 물러가게.

라 플레슈 멋지게 내쫓기고 마는군.

아르파공 양심껏 판단해 봐! 못된 하인 놈 덕에 기분 단단히 잡쳤어.
절름발이 녀석 꼴도 보기 싫다.

제4장

아르파공, 엘리즈, 클레앙트

아르파공 집에다 큰 돈을 감춰둔다는 게 이만 저만 수고스럽지 않군.

꼭 쓸 돈만 남겨두고 나머지 재산을 잘 투자할 수 있다면 얼마나 좋을까. 집 안에 돈 숨길 곳 마련하기가 이렇게 힘들어서야 원. 금고조차도 믿을 만하지 못하니 말이야. 도둑놈들한테 가져가시오 하고 미끼를 던지는 격이라니까. 어쨌든, 어제 돌려받은 만 에퀴를 마당에 묻어놨는데 잘 한 짓인지 모르겠군. 만 에퀴나 되는 금화를 집에 두었다면 충분히… *(남매가 나즈막히 이야기를 나누며 등장한다)* 오 맙소사! 모든 게 들통나 버리겠는걸. 내가 흥분한 나머지 혼잣말을 너무 크게 지껄인 것 같아… 무슨 일이냐?

클레앙트 아무 일도 아니에요, 아버지.

아르파공 오래 전부터 거기 있었냐?

엘리즈 지금 막 왔는 걸요.

아르파공 무슨 소리 들은 것 없는지….

클레앙트 무슨 소리 말예요, 아버지?

아르파공 저기….

엘리즈 뭐요?

아르파공 내가 방금 한 말 말이야.

클레앙트 아니요.

아르파공 시치미 떼지 마.

엘리즈 잘못했어요.

아르파공 뭔가를 엿들은 게 분명해. 난 그저 요즘 들어 돈 구하기가 부쩍 힘들어졌다고 푸념하고 있던 참이다. 자기 집에 만 에퀴 정도 가지고 있다면 얼마나 좋을까 라고 중얼거렸지.

클레앙트 우린 아버지게 방해가 될까봐 머뭇거리고 있었는 걸요.

아르파공 털어놓고 애기하고 나니 마음이 편하구나. 이 애비가 만 에퀴나 가지고 있다고 말한 것으로 받아들였다면 큰 일일텐데 말야.

클레앙트 아버지 일에는 상관하지 않아요.

아르파공 만 에퀴를 가지고 있다면 얼마나 좋을까?

클레앙트 그렇지 않을걸요….

아르파공 정말 멋진 일일텐데 말이야.

엘리즈 그런 일이라면….

아르파공 아주 필요한 것인데 말이야.

클레앙트 제 생각으로는….

아르파공 그야말로 안성맞춤일텐데 말이야.

엘리즈 아버지께서는….

아르파공 그렇다고 해서 뭐 궁하다고 불평하려는 건 아니야.

클레앙트 어휴. 아버지가 무슨 불평이 있으시겠어요. 돈 많으시다는
건 누구나 다 아는 일인데요.

아르파공 뭐라구? 내가 돈이 많다구? 그건 거짓말이야. 그런 소문이
나 내고 다니는 놈은 고약한 악당이야.

엘리즈 그렇다고 화내지는 마세요.

아르파공 내 자식들 마저 날 저버리고 적대시하다니!

클레앙트 아버지가 부자라고 말하는 게 적대시하는 건가요?

아르파공 그럼. 그따위 말이나 하면서 너처럼 돈을 펑펑 써 대면, 내가
억만장자인 줄 알고 머지않아 누군가 내 집에 숨어들어 내
목을 따러 들고야 말 거야.

클레앙트 제가 무슨 돈을 펑펑 썼다고 그러세요?

아르파공 뭐라구? 네 놈 외출할 때 차려입는 그 거창한 옷차림이 창피
하지도 않으냐? 어제도 네 누이를 야단쳤다만 넌 더해. 천벌
을 받고야 말 게다. 발끝부터 머리끝까지 돈을 쳐 발랐잖아.
수십 번 말했지만 네 놈 행색이 영 맘에 안 들어. 우스꽝스럽

게도 귀족 행세를 하려드는데, 그렇게 차려입고 다니는 꼴을 보아하니 내 돈을 훔친 게 틀림없어.

클레앙트 네? 아버지 돈을 어떻게 훔쳐요?

아르파공 알게 뭐냐? 도대체 무슨 돈으로 그렇게 차려입고 다니는데?

클레앙트 저 말예요? 노름 덕이죠. 운이 잘 따라줘서 번 돈을 몽땅 차려 입는 데 쓰는 거예요.

아르파공 그게 아주 잘못된 일이라는 거야. 노름에 운이 따라준다면 번 돈을 잘 굴려서 이득을 남겨야 해. 그래야 언젠가는 큰 돈이 되지…. 더 말할 것 없이 네 발 끝에서 머리 끝까지 주렁주렁 매단 그 리본들은 대체 뭐에 쓰는 거냐? 반 타스나 되는 어깨 끈만으로는 바지가 흘러내릴까 봐 그래? 아무런 돈도 들지 않는 제 머리카락이 멀쩡한데도 가발 사는 데 돈을 탕진하다니! 그 가발하고 리본 사는 데 적어도 20피스톨은 썼을 게 틀림없어. 20피스톨이면 8부 이자[3]로만 돌리더라도 일년에 18리브르 6쏠 8드니에나 되는 이윤을 남길 수 있는데 말야.

클레앙트 어련하시려구요.

아르파공 그건 그렇고 다른 얘기로 넘어가자. (방백, 작은 목소리로) 이 놈들이 아마도 내 돈주머니를 훔치려고 서로 신호를 주고받는 것 같은데. (큰 목소리로) 대체 무슨 수작들이지?

엘리즈 오빠랑 저랑 누가 먼저 말을 꺼낼까 망설이던 참이예요. 저희 모두 아버지께 드릴 말씀이 있거든요.

아르파공 나도 마침 너희 둘한테 할 말이 있었다.

클레앙트 드릴 말씀은 바로 저희들 결혼에 관한 거예요.

아르파공 나 역시 결혼 얘기를 하려고 하던 참이야.

---

3) 당대의 법적 이율은 5%였다.

엘리즈	아! 아버지가요!
아르파공	어째서 기겁을 하지? 결혼이란 말이 문제냐, 아니면 그 자체가 문제냐?
클레앙트	결혼이란 아버지께서 어떻게 생각하시는가에 따라 저희 둘 모두에게 낭패가 될 수도 있거든요. 저희와 의견이 다르실까봐 걱정이 되요.
아르파공	서두르지 마라. 걱정은 접어두고. 난 너희 두 사람에게 뭐가 필요한지 잘 알고 있어. 내가 하라는 대로만 하면 아무런 걱정이 없을 거야. 여기서 멀지 않은 곳에 사는 마리안이라는 아가씨를 본 적이 있는지?
클레앙트	네, 아버지.
아르파공	너는?
엘리즈	저도 들어서 알고 있어요.
아르파공	그 아가씨에 대해서 넌 어떻게 생각하나?
클레앙트	아주 훌륭한 여자예요.
아르파공	외모는?
클레앙트	교양이 넘치고 재치가 있어요.
아르파공	태도와 자세는?
클레앙트	물론 더할 나위 없지요.
아르파공	그만하면 충분히 고려해 볼 만 하다고 생각하느냐?
클레앙트	그럼요. 아버지.
아르파공	바람직한 배필이 될 수 있을 테지?
클레앙트	바람직하고 말고요.
아르파공	살림도 아주 잘 할 것 같지?
클레앙트	틀림없어요.
아르파공	남편을 만족시킬만한 여자일 테지?

클레앙트 확실하지요.

아르파공 문제가 좀 있는데, 그 여자에겐 지참금을 기대하기 어렵다는 거야.

클레앙트 아! 아버지, 그처럼 훌륭한 여자를 맞이하는 데 재산이 무슨 문제가 되겠어요?

아르파공 네 말이 옳다! 하지만 기대할 만한 재산이 없다면 어디서든 보충해 볼 궁리를 할 수 있다는 말이다.

클레앙트 맞습니다.

아르파공 내 뜻을 잘 이해해 주니 다행이다. 여자가 몸가짐이 조신하고 상냥해서 내 마음에 쏙 들었어. 조금이라도 지참금을 마련해 온다면 그 여자와 결혼해야겠다.

클레앙트 뭐라구요?

아르파공 어째서?

클레앙트 아버지께서 … 결심을요.

아르파공 마리안과 결혼하려고 말이다.

클레앙트 누가요? 아버지, 아버지가요?

아르파공 그래, 나, 나, 바로 나 말이다! 그게 어떻다는 거야?

클레앙트 갑자기 현기증이 나서요. 이만 물러가 보겠습니다.

아르파공 별 거 아니야. 얼른 부엌에 가서 시원한 물 한 잔 들이켜 봐. 햇병아리처럼 약해빠져 가지고는! 어쨌든, 엘리즈, 난 바로 이렇게 결심했다. 네 오래비에게는, 마침 딱 어울릴만한 과부 얘기를 오늘 아침 들었지 뭐냐. 네게는 앙셀므 영감이 적격이다.

엘리즈 앙셀므 영감이요?

아르파공 그래. 나이도 있고, 사려깊고 분별있는 친구다. 쉰 살 밖에 안되었는데 돈도 엄청 많다지.

엘리즈 (거절의 뜻으로 정중히 인사하며) 아버지, 전 절대 결혼 안해요.

아르파공 (인사를 흉내내며) 우리 귀염둥이 공주님, 제발 결혼해 주시지요.

엘리즈 부탁이에요, 아버지.

아르파공 부탁이다, 애야.

엘리즈 앙셀므 영감님을 매우 존경하긴 하지만, 그 분과 결혼만은 하지 않도록 해 주세요.

아르파공 아가씨를 매우 존경하긴 하지만, 그 분과 오늘 저녁 당장 결혼하도록 하시지요.

엘리즈 오늘 저녁 당장이요?

아르파공 오늘 저녁 당장이요.

엘리즈 그렇게는 안되요, 아버지.

아르파공 그렇게 되요, 아가씨.

엘리즈 아니요.

아르파공 그래요.

엘리즈 아니라고 했어요.

아르파공 그렇다고 했어요.

엘리즈 그것만큼은 강요하실 수 없어요.

아르파공 그것만큼은 강요해야만 하네요.

엘리즈 그런 남편을 얻느니 차라리 죽어 버리고 말겠어요.

아르파공 그런 남편이라도 얻어야지 죽어서는 안 돼요. 헌데 웬 버르장머리지? 제 애비한테 이렇게 대드는 딸년이 세상에 어디에 있어?

엘리즈 그럼 딸을 이렇게 결혼시키려는 아버지가 세상에 어디에 있어요?

아르파공 둘도 없는 배필감이야. 세상 사람들 모두가 수긍할 게다.

엘리즈 제 생각엔, 상식이 있는 사람이라면 절대로 수긍하지 않을 거예요.

아르파공 저기 발레르가 오는구나. 우리 둘 중 누가 옳은지 물어볼까?

엘리즈 좋아요.

아르파공 그의 판단에 따를 테냐?

엘리즈 네. 그가 하라는 대로 하겠어요.

아르파공 그럼 됐다.

제5장

발레르, 아르파공, 엘리즈

아르파공 발레르, 잘 왔어. 나와 우리 엘리즈 중 누가 옳은지 자네 판단에 맡기기로 했거든.

발레르 말할 것도 없이 주인 나리이시지요.

아르파공 우리가 무슨 얘기를 하는지 알겠나?

발레르 아니요. 하지만 주인 나리께서 틀리실 리가 없지요. 나리는 항상 옳으시니까요.

아르파공 내 오늘 저녁 저 아이에게 돈 많고 분별있는 신랑감을 얻어 주려는데 저 맹랑한 것이 코웃음만 친단 말이야. 자네는 어떻게 생각하나?

발레르 어떻게 생각하느냐구요?

아르파공 그래.

발레르 글쎄요….

아르파공 뭐라구?

발레르　저도 사실은 나리와 같은 생각이라구요. 나리께서 어떻게 잘못된 판단을 하실 수 있겠어요? 하지만 따님 생각도 잘못되기만 한 것은 아닌데요….

아르파공　뭐라구! 앙셀므 영감은 훌륭한 남편감이야. 고상하고, 상냥하고, 침착하고, 분별있고, 돈도 아주 많고 말이지. 게다가 전처와의 사이에 자식도 없어. 이 보다 더 좋은 혼처가 어디 있겠나?

발레르　옳으신 말씀입니다. 하지만 따님으로선 일을 너무 서두르신다고 하실 수 있겠는 걸요. 마음이 서로 통하는지 확인하려면 시간이 좀 필요하지 않을런지요….

아르파공　이런 일은 단칼에 해치워야 해. 조건이 얼마나 좋은데 그래. 글쎄 저 아이를 지참금도 없이 데려가겠다는 거야.

발레르　지참금도 없이요?

아르파공　응.

발레르　아! 더 이상 할말이 없군요. 그보다 더 좋은 조건이 어디에 있겠어요? 그 쪽을 택할 수 밖에 없겠는 걸요.

아르파공　나로서는 상당히 절약이 되는 혼사이지.

발레르　그렇고 말고요. 여부가 있겠습니까? 다만 결혼이란 생각보다 훨씬 더 중요한 일이고 앞으로의 행복과 불행이 달려있을 뿐더러 한번 정한 혼처를 파할 수도 없기 때문에, 아주 신중하게 결정해야만 한다고 따님께서 주장하실 수 있겠습니다.

아르파공　지참금도 필요 없다는데!

발레르　옳습니다. 그보다 더 중요한 조건은 없지요. 지당합니다. 그런 경우라면 틀림없이 딸의 의사를 존중해야 하며, 나이와 기질과 정서의 엄청난 차이로 인하여 결혼에 파탄을 초래할 수도 있을 것이라고들 할 것입니다.

아르파공 지참금도 필요 없다는데!

발레르 아! 그 점에 대해서라면 아시다시피 전혀 이의가 없지요. 감히 누가 뭐라고 하겠습니까? 세상에는 딸들에게 돈보다는 행복을 보장해 주려는 아버지들이 적지 않게 있답니다. 이해관계 때문에 딸을 희생시키기보다는, 결혼에 있어 무엇보다도 본인들이 화합하여 영예와 안정과 기쁨을 유지할 수 있도록 하지요. 그리고….

아르파공 지참금도 필요 없다는데!

발레르 맞습니다. 더 이상 할말이 없겠군요. 지참금도 필요 없다는데! 그런 이유를 계속 내세우신다면 도리가 없지요!

아르파공 (방백으로, 정원을 지켜보며) 어이쿠! 개 짖는 소리가 들리는 것 같은데. 누가 내 돈을 노리는 게 아닐까? (발레르에게) 곧 돌아올테니 꼼짝말고 여기 있게. (나간다)

엘리즈 발레르, 아버지께 그렇게 말씀하시다니 농담인가요?

발레르 아버님 기분을 맞춰드리고, 우리쪽으로 유리하게 끝을 내려고 그런 것뿐이에요. 정면으로 맞서 봐야 모든 걸 망칠 테니까. 세상에는 돌려가며 말상대 해야 할 만한 사람들이 있지요. 반대 의견을 못 받아들이고, 고집이 세고, 진실에 발끈하며 항상 순리에 맞서기 때문에, 슬쩍 돌려서 유도해야만 해요. 아버님 말씀에 동의하는 척해야 오히려 바라는 바대로 이룰 수 있을 거예요….

엘리즈 그럼 이 혼담은요, 발레르?

발레르 어떤 수를 써서라도 깨야지요.

엘리즈 하지만 일을 오늘 저녁 매듭지어야 한다는데 어떻게 해요?

발레르 꾀병을 부려서라도 연기시켜야 해요.

엘리즈 하지만 의사를 불러오면 다 들통나 버릴 텐데요?

발레르	농담 말아요. 그 자들이 뭘 알겠어요? 자 어서 무슨 병이든 만들어 내도록 해요. 의사가 병의 원인을 그럴싸하게 둘러 대 줄 테니까.
아르파공	(들어오며, 방백으로) 다행히도 아무 일 아니었어.
발레르	결국 마지막 수단이라면 둘이서 도망가는 거예요. 엘리즈, 당신의 사랑이 그처럼 굳세다면야…. (아르파공이 온 것을 알 아차리고) 그래요, 딸이라면 아버지에게 순종해야죠. 남편감 에 대해서 이러쿵 저러쿵 하는 건 옳지 못해요. 지참금도 필 요없다는 그런 좋은 조건이 있다면 당장 취해야만 합니다.
아르파공	좋아! 아주 잘하고 있군.
발레르	나리, 제가 좀 흥분해서 따님께 지나치게 말했다면 용서하 세요.
아르파공	뭘! 대만족이야. 자네가 저 아이를 좀 맡아주었으면 하네. 그 러니, 네가 아무리 도망치려 해도 소용없어. 하늘이 내게 준 권한을 발레르에게 양도하니 이제부터는 그가 하라는 대로 해야 한다.
발레르	저런 말씀을 듣고도 제 충고를 무시하시렵니까? 나리, 따님 을 쫓아 가서 계속 설득해 보겠습니다.
아르파공	고마워. 아마도….
발레르	고삐를 바짝 조이는 게 좋을 겁니다.
아르파공	맞는 말이야. 단연코….
발레르	걱정 마십시오. 제가 끝장을 보겠습니다.
아르파공	그렇게 해. 난 마을이나 한 바퀴 돌아 보고 곧 돌아올 테니.
발레르	예. 세상에 돈 보다 더 귀한 건 없습니다. 아가씨는 이처럼 훌륭하신 아버지 아래 태어나신 것을 하늘에 감사드려야 합 니다. 산다는 게 무엇인지 잘 아시는 분입니다. 지참금도 없

이 신부감을 데려가겠다는 제안에 대해서는 생각해 보고 말고 할 것도 없습니다. 결론은 이미 내려져 있으니까요. 지참금도 필요없다는 것은 미모, 젊음, 신분, 명예, 지혜, 정조 등 모든 걸 충당할 만한 조건입니다.

아르파공 아! 정말 충직한 하인이야! 신탁을 내리듯이 말하는군. 저런 하인을 두었으니 복도 많지.

제2막

제1장

클레앙트, 라 플레슈

클레앙트 아! 배신자 같으니, 대체 어디에 처박혀 있었지? 내가 자네 한테 뭐라고 했나…?

라 플레슈 네, 도련님, 여기서 꼼짝 않고 도련님을 기다리고 있었는 걸요. 하지만 심술맞으신, 도련님 아버지께서 절 내쫓으셨지 뭐예요. 흠씬 두드려 맞을 뻔 했다구요.

클레앙트 우리 일은 어떻게 되어 가지? 사태가 다급해졌어. 네가 없던 사이에, 아버지가 바로 나의 경쟁자라는 사실을 알게 되었지 뭐야.

라 플레슈 아버님께서 그럼 사랑을 하신다구요?

클레앙트 그래! 그 소식을 들으면서 아버지에게 괴로워하는 모습을 들키지 않으려고 얼마나 땀을 뺐던지.

라 플레슈 아니, 사랑에 빠져드시다니? 도대체 어떻게 된 노릇이죠? 세상 사람들을 놀리시려는 겁니까? 그런 분도 사랑을 할 수 있나요?

클레앙트 날 벌주기 위해 그런 열정에 빠져들 생각을 하게 된 모양이지.

라 플레슈 하지만 도련님 사랑을 왜 비밀로 해야 하죠?

클레앙트 아버지가 경계하실까봐 그러지. 그러고는 기회를 잘 봐서 아버지의 결혼을 막으려는 거야. 그런데 그 일은 어떻게 되었지?

라 플레슈 도련님, 돈을 빌려 쓰는 사람은 어쩔 수 없이 처량한 신세예요. 도련님같이 고리대금업자에게 까지 손을 벌려야 하는 처지라면 어떤 모욕이라도 감수해야만 해요.

클레앙트 일이 잘 안 되가는 거야?

라 플레슈 아니요, 죄송합니다. 일전에 소개받은 중개인인 시몽 영감이 아주 적극적이고 열성적이에요. 도련님 일이라면 발벗고 나서겠답니다. 도련님 외모만 보아도 마음에 쏙 든다나요.

클레앙트 그럼 부탁했던 만 오천 프랑을 빌려준다는 거야?

라 플레슈 네. 하지만 일을 잘 성사시키기 위해서는 몇 가지 자질구레한 조건을 맞춰줘야 한다는 군요.

클레앙트 돈을 빌려줄 사람을 만나서 이야기하게 해 주던가?

라 플레슈 일이 그렇게 간단하지 않아요. 그 사람이 어찌나 몸조심을 하는지 상상을 초월한다니까요. 이름 조차 밝히기를 꺼려한답니다. 오늘 적당한 장소를 빌려서, 도련님을 만나고 도련님으로부터 직접 재산이나 가족 관계에 대해서 알아 보겠다는군요. 아버님 이름만 대도 일이 잘 풀릴 것 같긴 합니다.

클레앙트 어떤 경우에라도 어머니가 내게 물려주신 유산만은 손대지 못하겠지.

라 플레슈 여기, 그 사람이 중개인에게 직접 받아 적게 한 조건들이 있습니다. 도련님이 우선 읽어보셨으면 한답니다.
"채권자의 업무를 보장해 주기 위해서, 채무자는 법적으로 성인이어야 하며 재산이 많고 견고하며 확실하고 명확하여, 부채가 없다는 조건을 갖추며, 가능한 한 가장 정직한 공증인 앞에서 정확하고 유효한 차용증서를 작성한다. 이러한 절차가 틀림없이 진행되는가의 여부가 채권자에게 가장 중요한 관건이므로 이 일을 담당할 공증인은 채권자가 선정한다."

클레앙트 별 문제 없는데.

라 플레슈 "채권자가 양심의 가책을 받지 않기 위하여, 대여금에 대하여 다만 연 5부 5리의 이자만을 청구한다."

클레앙트 5부 5리라구? 아주 적당하구만! 불평할 이유가 없어.

라 플레슈 그렇습니다.

"하지만, 상기 채권자가 해당 금액을 직접 소유하고 있지 않으며, 채무자의 요구를 충족시키기 위하여 타인으로부터 연 2할의 이자로 그 금액을 차용해야 하므로, 상기 채무자는 별도로 이 이자를 지불하는 것이 합당하다. 상기 채권자는 단지 상기 채무자의 편의를 도모하기 위하여 이러한 수고를 감수하는 바임."

클레앙트 뭐라구? 이게 웬 유태인이야, 아니면 아랍인[4]인가? 결국 2할 5부 이상이잖아.

라 플레슈 그렇죠. 제 말이 그 말입니다. 잘 생각해보셔야겠어요.

클레앙트 대체 뭘 생각해 보라는 거야? 돈이 필요하니 뭐든 다 받아들여야지.

라 플레슈 저도 그렇게 대답했어요.

클레앙트 또 다른 말은 없었나?

라 플레슈 몇 가지 조그만 단서들이 더 남아 있습니다.

"요구한 일만 오천 프랑 중 채권자는 일만 이천 리브르[5]만을 현금으로 대여해 주기로 하고 잔여 금액에 대해서는 별지 목록 기재의 의류, 장신구 및 보석들로 충당하기로 한다. 이들에 대하여 상기 채권자는 양심에 따라 가능한 최저 가격으로 환산하였음."

---

4) 당대 '아랍인' 이라는 말은 구두쇠이거나, 잔인하거나 폭군적이라는 의미로 사용되었다.

5) 당시 프랑은 금화로 통용되었고, 리브르는 프랑과 동등한 가치를 지니는 화폐의 단위로서 당시 은 1파운드로 주조하여 통용되었다.

클레앙트 그게 무슨 말이야?

라 플레슈 목록을 잘 들어보세요.

"우선 우아한 자수 띠를 두른 올리브색 침대보의 어린이용 침대, 의자 여섯 개, 장식용 침대보 포함, 양호한 상태이며 붉은 빛과 푸른 빛으로 변하는 호박단으로 안감 처리됨. 그밖에 오말 지방의 연분홍 색상 양질의 양모 원단의 텐트 형 침대. 비단 술과 테를 갖춤."

클레앙트 그런 것들을 뭐에 쓰라구?

라 플레슈 또 있습니다. "그밖에 공보와 마셰의 사랑이야기를 담은 벽걸이용 양탄자.[6] 그밖에 12개의 둥근 다리가 달린 호두나무 테이블. 양옆으로 잡아당겨 늘릴 수 있고 여섯 개의 의자를 갖춤."

클레앙트 제기랄. 뭘 하라는 거야?

라 플레슈 참으세요. 더 있습니다. "그밖에 자개로 장식된 큰 보병총 세 자루. 손잡이를 갖춤. 그밖에 벽돌로 된 화로 한 개. 증류기 두 대와 증류에 관심 있는 자에게 아주 유용한 종 모양 물받이 세 개를 갖춤.

클레앙트 미치겠군.

라 플레슈 진정하세요. "그밖에 현을 모두, 혹은 최소한 필요한 만큼 갖춘 볼로냐 산 루트. 심심할 때 시간 보내기에 적합한 공 굴리기 도구[7]와 체커 놀이판 및 그리스식 개량형 주사위 놀이 도구. 건초로 속을 넣은 석자 다섯 치 크기 도마뱀 가죽. 방 천정에 매달아 놓기에 적당한 희귀품임. 상기 품목 모두 정

---

6) 전원의 사랑이야기를 표현한 것으로 총 8개의 장면으로 구성된다. 1532년 제작된 것이 가장 오래된 견본으로 알려져 있다.

7) 이는 판 위에서 공을 굴려 여기 저기 마련된 구멍이나 고랑에 빠지게 되는 놀이로서 오늘날 당구와 유사하다.

확하게 쳐서 사천 오백 리브르를 상회하나 채권자의 배려로 일금 일천 에퀴[8]의 가격으로 환산함."

클레앙트 그따위 배려라니, 염병에나 걸려라. 배신자, 냉혈한 같으니. 이런 고리대금은 듣도 보도 못했어. 엄청난 이자를 강요하는 것도 모자라서 여기 저기서 주워 모은 허접 쓰레기들을 삼천 리브르로 쳐서 가져가라고? 다 합해도 이백 에퀴도 안될텐데. 하지만 나로서는 그 자가 바라는 대로 따르는 수밖에 없지 않은가. 악당 녀석, 모든 걸 받아들일 수 밖에 없는 상황으로 몰고 가서는 목에다 칼을 들이대는군.

라 플레슈 죄송스런 말씀이지만, 도련님 처지가 마치도 파뉘르쥐[9]가 파산지경일 때와도 같군요. 돈을 미리 꿔서 물건을 비싸게 사서는 싸게 팔고, 이익이 생기기도 전에 미리 다 써버린 셈이지요.

클레앙트 어떻게 하면 좋지? 바로 이런 게 고약한 수전노 아버지를 둔 덕분에 젊은이들이 겪는 수난 아닌가. 결국 아들이 아버지 돌아가시기를 바라게 된다면 사람들은 아들을 욕하겠지.

라 플레슈 도련님 아버지야말로 세상에서 가장 덕망 있는 사람마저도 분노하게 할 만큼 인색하시죠. 제가 다행히도 교수형을 받을 만한 일을 저지르는 취미는 없지만, 자질구레한 못된 일에 관계하곤 하는 동료들도 있지요. 저로서는 약삭빠르게 피해 나와서, 교수대 근처에라도 갈 만한 음모라면 조심스럽게 빠진답니다. 하지만 솔직히 나리 소행을 보고 있노라면 뭔가 훔치고 싶은 충동이 절로 든다니까요. 훔치는 일이 마땅히 존경받을 일이나 되는 것처럼 생각되구요.

---

8) 당시 은화로 통용되었던 화폐의 단위로서 1에퀴는 3리브르에 해당되는 가치를 지녔다.
9) 라블레의 소설 『팡타그뤼엘』속의 인물

클레앙트 그 목록을 이리 좀 줘 봐. 다시 한번 보자.

제2장
시몽 선생, 아르파공, 클레앙트, 라 플레슈

시몽 선생 그래요, 나리, 돈을 쓰려는 사람은 어떤 젊은이인데요. 일이 원체 다급해서 나리가 요구하신 조건을 그대로 따르겠답니다.

아르파공 그런데 말이야, 시몽 선생, 조금도 염려할 필요가 없겠지? 그 친구 이름이나 재산과 가족 관계는 어떻게 되나?

시몽 선생 저도 자세히는 잘 모릅니다. 그 젊은이를 우연히 소개받게 되었거든요. 직접 만나보시면 모든 걸 아시게 될 겁니다. 그 사람의 측근 말이, 나리 마음에 쏙 드실 만한 사람이라고 합니다. 제가 말씀드릴 수 있는 것은 그 사람이 아주 부유한 가문 출신이고 어머님이 이미 돌아가셨으며, 아버님도 수개월 내에 세상을 뜨실 거라는 겁니다.

아르파공 나쁘지 않군. 시몽 선생, 능력이 있을 때 온정을 베푸는 것은 사람들에게 기쁨을 주게 하지.

시몽 선생 지당하신 말씀입니다.

라 플레슈 (클레앙트에게 낮은 목소리로) 대체 어찌된 일이죠? 우리 시몽 선생이 도련님 아버지와 이야기를 나누고 있는데요!

클레앙트 (라 플레슈에게 낮은 목소리로) 내가 당사자라는 걸 이미 알려주었구나? 날 이렇게 배신하다니?

시몽 선생 아! 성미가 정말 급하시군요! 이 집이 약속 장소라는 걸 어떻게 아셨죠? (아르파공에게) 저 분들께 나리 성함과 집을 알려드린 건 제가 아닙니다. 하지만 이렇게 된 것이 크게 잘못된 일은 아닌 듯 싶은데요. 점잖으신 분들이니까 여기서 아예 얘기를 해보시죠.

아르파공 뭐라구?

시몽 선생 이 분이 바로, 말씀드렸던 돈 만 오천 리브르를 빌려쓰시겠다는 분이십니다.

아르파공 아니! 나쁜 자식, 이따위 못된 짓이나 하고 다니다니!

클레앙트 아니! 아버지, 이런 부끄러운 일에 관계하시다니요!

시몽 선생과 라 플레슈는 자리를 피한다.

아르파공 그 엄청난 빚더미에 올라앉아 쫄딱 망하려구!

클레앙트 그 끔찍한 돈놀이로 얼마나 더 부자가 되시려구요!

아르파공 그런 짓을 하고도 감히 내 앞에 얼굴을 들 수 있냐?

클레앙트 그런 짓을 하시고도 사람들 앞에 나서실 수 있으세요?

아르파공 돈을 그렇게 물 쓰듯 낭비하고 다니면서 부끄럽지도 않으냐? 네 부모가 땀흘려서 모아들인 재산을 흥청망청 탕진해 버리다니 말이야?

클레앙트 그런 돈놀이로 아버지 체면을 더럽히시고도 부끄럽지 않으세요? 그 어떤 고리대금업자도 생각해내지 못했을 만한 가장 악랄한 술수를 써서 이득을 남기고 돈을 끌어 모아서 명예와 평판을 더럽히시다니요?

아르파공 망나니 녀석, 내 눈앞에서 썩 꺼져 버려.

클레앙트 돈이 필요해서 좀 빌려 쓰려는 사람과, 필요도 없이 돈을 강탈해 가는 사람 중에서, 과연 누가 더 나쁘다고 생각하세요?

아르파공 물러가라니까. 귀 따갑다. (혼자서) 이런 일로 크게 신경 쓸 필요 없지. 저 녀석 행동을 좀 더 유심히 지켜봐야겠어.

제3장

프로진, 아르파공

프로진　나리….

아르파공　잠시만 기다려. 곧 다시 오마. (방백으로) 돈이 잘 있나 둘러
　　　　　보고 오는 게 좋겠어.

제4장

라 플레슈, 프로진

라 플레슈　일이 정말 묘하게 됐어. 어딘가에 그 허접 쓰레기들을 모아
　　　　　둘 만한 큰 창고가 있는 게 분명한데. 그 물건들을 통 본 적
　　　　　이 없으니 말야.

프로진　아니! 우리 라 플레슈가 아냐! 어쩐 일이야?

라 플레슈　아! 프로진이로군! 여기서 뭘 하고 있어?

프로진　언제 어디서나 늘 하는 일이지. 중매를 서거나, 심부름을 해
　　　　　주거나, 그저 타고난 재주가 그것뿐이니 어쩌겠어. 세상을
　　　　　살아가려면 머리를 써야 하잖아. 나 같은 사람은 일 꾸미고
　　　　　꾀 내는 재주 밖에 없어요.

라 플레슈　이 집 주인한테 무슨 볼 일이 있나보지?

프로진　응. 조그만 일을 하나 벌렸으니, 사례가 있겠지.

라 플레슈　그 영감탱이한테서? 뭔가 뜯어낼 수 있다면, 정말 대단한 솜
　　　　　씨일걸. 이 집에서 돈이 얼마나 귀한데 그래.

프로진　경우에 따라서는 돈을 척 내놓을 수도 있어.

라 플레슈　날 믿어도 좋은데, 자넨 아직 우리 아르파공 나리를 잘 몰라.

아르파공 나리만큼 인정머리 없고, 심술 사납고 깐깐한 사람은 둘도 없을 거야. 그 어떤 심부름을 해줘도 돈을 뿌리는 법이라고는 없으니까. 말로나 마음으로나 제법 칭찬도 하고 존중도 하고 호의도 베풀어주지. 하지만 돈에 관한 한 국물도 없어. 친절하게 베풀어주는 데에 그 이상 무미 건조할 수는 없을 거야. 그 영감 사전에 "준다"라는 말은 없어요. "준다" 대신 "잠시 빌려준다"고 하지.

프로진 맙소사. 나로 말하면 남의 돈 뜯어내는 데에는 선수야. 마음을 열게 해서 비위를 맞춰주고 또 약한 데를 콕 찔러주는 비법이 있다니까.

라 플레슈 턱도 없어! 돈에 관한 한 아무도 그 영감을 구워삶을 수 없을 거야. 그 점에 있어서는 정말 냉정하다구. 그 누구라도 당해낼 수 없어. 옆에서 사람이 죽는다 해도 눈 하나 깜짝하지 않을걸. 한 마디로, 명예고 평판이고 미덕이고 간에 돈이 최고라, 누구든 손을 내밀면 새파랗게 질린다니까. 급소를 찌르거나 심장을 겨누거나, 아니면 장을 들어내는 것과 마찬가지인가 봐. 마침 저기 오는군. 난 이만 가보겠어.

제5장

아르파공, 프로진

아르파공 (낮은 목소리로) 별 일 없구만. (큰 소리로) 어이구! 프로진 아닌가?

프로진 어머나! 신수가 정말 좋으십니다! 어쩌면 그렇게도 혈색이 좋으세요!

아르파공	누가? 내가?
프로진	뵙던 중 안색도 제일 화사하고 아주 활기차 보이세요.
아르파공	정말인가?
프로진	어쩜! 그 나이에 이렇게 젊어 보이시다니! 스물다섯에 영감님 보다 훨씬 더 늙어 보이는 사람도 수두룩하다구요.
아르파공	하지만 프로진, 난 예순을 벌써 넘겼는 걸.
프로진	그래서요? 예순이 어떻다는 거예요? 뭐가 걱정이에요? 그야말로 꽃다운 나이지요. 인생의 황금기에 접어드신 거라구요.
아르파공	옳거니. 하지만 스무 살 쯤 더 젊더라도 그다지 나쁘지 않을 텐데 말이야.
프로진	누굴 놀리시는 거예요? 전혀 그러실 필요 없어요. 영감님은 뭘로 보나 백살까지도 끄떡없으실텐데요.
아르파공	정말인가?
프로진	그렇고 말고요. 확실하다니까요. 어디 좀 봐요. 오! 바로 이거예요! 영감님 두 눈 사이에 생명선이 있네요.
아르파공	그런 걸 다 아나?
프로진	물론이죠. 손 좀 보여주세요. 어머나! 생명선이 또 있네!
아르파공	뭐라구?
프로진	이 선이 어디까지 이어지는지 좀 보세요.
아르파공	글쎄! 그게 어떻다는 거야?
프로진	아까 백살이라고 말씀드렸지만 이제 보니 백하고도 스무 살까지도 문제없으시겠어요.
아르파공	가능할까?
프로진	제가 보기엔, 영감님 자제분들이나 그 손주들보다도 오래 사실 게 분명한 걸.
아르파공	좋지! 그건 그렇고 우리 일은 어떻게 되어가지?

프로진 여부가 있겠어요? 제가 끼어서 어디 성사 안 되는 일이 있나요? 특히나 중매에는 도사랍니다. 이 세상 그 누구라도 순식간에 짝지어줄 수 있어요. 제가 마음먹기에 따라서는, 터어키 왕을 베니스 왕녀하고도 맺어줄 수 있다구요. 이번 혼담도 잘 진행되어 갑니다. 제가 그 댁과는 친분이 있어 영감님 얘기를 터놓고 꺼내 봤어요. 영감님께서 아가씨가 거리를 지나가는 모습이나 창가에서 바람을 쏘이는 모습을 보시고는, 마음에 두고 계시다고 그 어머니에게 일러드렸지요.

아르파공 뭐라고 대답하던가?

프로진 아주 기뻐하시더군요. 영감님께서 오늘 저녁 댁에서 거행될 따님의 결혼서약식에 마리안 아가씨가 꼭 참석해 주셨으면 하셨다니까, 기꺼이 승낙하시면서 제게 모든 걸 맡기셨답니다.

아르파공 앙셀므 영감에게 저녁 대접을 하는 것은 억지로 하는 일이지만, 마리안이 연회에 참석해 준다면 정말 기쁜 일이지.

프로진 맞아요. 오후에 따님을 방문하셔서 함께 시장을 한바퀴 둘러보신 후 저녁 식사하시러 오실 거예요.

아르파공 좋아! 내 사륜마차를 빌려줄 테니 타고 가라고 해.

프로진 일이 척척 되어가는군요.

아르파공 하지만, 프로진, 어머니가 딸에게 지참금을 얼마나 챙겨줄 수 있는지 얘기해 봤나? 어느 정도는 각오해야 할 텐데. 이런 기회라면 무리가 되더라도 출혈을 좀 해야 할 거라고 귀띔해 줬냐구? 땡전 한 푼 없이 시집오는 여자를 누가 달가워하겠나?

프로진 무슨 말씀이세요? 그 아가씨야말로 만 이천 리브르나 되는 연금을 가져다 드릴 텐데요.

아르파공   연금이 만 이천 리브르라구?

프로진   그럼요. 우선 어려서부터 값비싼 음식일랑 절제하면서 자라
왔어요. 샐러드와 우유, 치즈와 사과만 먹고 살아와서, 다른
여자들처럼 잘 차린 식탁이나 진귀한 스프나, 미용을 위한
보리 미음, 그밖에 다른 맛있는 음식들을 골라 먹지 않아요.
별 것 아닌 것 같지만 적어도 매년 삼천 프랑 정도 버는 것과
같은 일이죠. 그뿐 아니라 아주 단순한 옷만 좋아하지 그 나
이 또래들이 그렇게도 좋아하는 화려한 의복이나 값비싼 보
석, 사치스러운 가구 따위에는 관심도 없답니다. 그것만 해
도 일년에 사천 리브르는 버는 셈이라구요. 게다가 노름이라
면 질색이에요. 요즘 여자치곤 보기드믄 일이죠. 저희 동네
한 여자는 올해에만도 카드 놀이를 해서 이만 프랑이나 잃었
답니다! 여기서 사분의 일만 치더라도 노름에서 일년에 오천
프랑, 옷하고 보석에서 사천 프랑, 합이 구천 프랑이나 되죠.
음식에서 벌어들인 천 에퀴를 합하면 일년에 자그마치 만 이
천 프랑은 족히 되지 않겠어요?

아르파공   음, 나쁘지 않군. 하지만 그 계산법엔 실속이 없어.

프로진   용서하세요. 배우자가 절식을 하고 소박한 옷차림을 즐겨하
며, 노름에는 진저리를 낸다면 충분히 실속 있는 것 아니에요?

아르파공   장차 낭비하지 않을 돈을 가지고 수입이라도 되는 듯이 계산
한다는 것은 말도 안돼. 받지 못한 돈을 그것으로 대신할 수
는 없어, 뭐라도 만져 봐야 해.

프로진   맙소사! 앞으로 만져보시게 될 텐데요, 어느 나라엔가 재산을
가지고 있다고 했어요. 그 재산이 영감님 차지가 될 거예요.

아르파공   그건 두고 봐야 알지. 그런데 프로진, 한 가지 마음에 걸리는
게 있어. 여자가 너무 젊단 말이야. 자네도 아다시피 젊은이

수전노 109

들은 대개 자기 또래만 좋아하고 함께 지내려 하지 않나. 나이 때문에 마음에 안 찬다고 하면 어쩌지. 그렇게 된다면 모든 게 엉망이 될 게 아닌가.

프로진 아! 아가씰 잘 모르셔서 그래요! 제가 말씀드리려고 했었는데, 아가씨는 젊은이들을 아주 싫어하는 성미예요. 나이 지긋하신 분들만 좋아한다니까요.

아르파공 정말?

프로진 그럼요. 이미 들어서 아시는 줄 알았는데. 젊은이는 쳐다 보기도 싫어하죠. 하지만 멋지게 수염을 기른 노인을 보면 더없이 마음이 흔들린다나요. 나이가 많을수록 더욱 더 매력적이라는군요. 그러니 나이보다 젊어 보이려고 애쓰지 마시라구요. 적어도 육십대는 되어야 한다는 거예요. 바로 얼마 전에도 상대자 나이가 쉰여섯 살 밖에 되지 않았고, 계약서에 서명을 하려는 찰나에 안경10)도 쓰지 않는다고 해서 결혼을 취소했잖아요.

아르파공 단지 그 이유로 말이야?

프로진 쉰여섯 살 가지고는 부족하다는 거예요. 특히 코에 안경을 걸친 모습을 좋아한다는군요.

아르파공 흠, 색다른 사실을 알게 되었군.

프로진 그 뿐이 아니에요. 아가씨 방에 가면 그림들과 목판화가 있는데, 어떤 것들인 줄 아세요? 아도니스나 세팔레스, 파리스나 아폴로11)? 천만에요. 새터너스나 프리암왕, 네스토르 노인이나 아들 어깨 위에 앉은 선량한 아버지 앙시즈12) 등이랍니다.

---

10) 17세기에 있어 안경은 노쇠함의 확실한 증표였다.
11) 이야기 속에 등장하는 아름다운 젊은이들이다.
12) 이야기 속에 등장하는 노인들이다.

아르파공　놀랍군! 생각조차 못했던 일인걸. 아가씨가 그런 성미를 가졌다니 다행이야. 사실 내가 여자였다고 해도 젊은 남자들은 취미에 맞지 않았을 거야.

프로진　그러믄요. 젊은이들을 좋아한다는 건 마약에 빠지는 것과 같아요! 풋내기들이나 멋쟁이들이나, 겉멋만 들어 가지고는! 도대체 무슨 매력이 있는지 모르겠다니까요.

아르파공　나도 모르겠어. 어째서 여자들이 그렇게 젊은 놈들을 좋아하는지 알 수 없다니까.

프로진　완전히 돌아버린 거죠, 뭐. 사랑스러운 젊은이를 찾아다닌다? 상식 밖의 짓이예요. 젊어빠진 금발 양아치들 아녜요? 그런 짐승 같은 것들을 어째서 따라다니는지요?

아르파공　내 말이 그 말이야. 겁쟁이 같은 말투에, 몇 오라기 안 되는 수염을 고양이처럼 치켜올리고, 바랜 금색 가발이나 뒤집어쓰고, 바지는 길게 늘어뜨려 입고, 남방은 부풀려 입은 꼴이라니.

프로진　어디 영감님 같으신 분과 비교나 되겠어요! 영감님이야말로 진짜 남자죠! 벌써 뵙기에도 그럴싸하시고, 생김새나 차림새나 그야말로 여자 마음을 사로잡을 만하시잖아요.

아르파공　정말 그렇게 생각하나?

프로진　그럼요! 영감님은 정말 매력적이시고, 얼굴도 그림 같으시죠. 조금만 옆으로 돌아보세요. 더 이상 멋지실 수가 없어요. 한번 걸어 보세요. 알맞게 다듬어진 체격에 거리낌없으신 자세, 어디 불편하신 데도 없으시잖아요.

아르파공　다행히도 크게 아픈 곳은 없지! 가끔씩 기침[13]을 해서 그렇지.

프로진　그게 어때서요. 조금도 흠될 것 없어요. 기침이 얼마나 잘 어

---

13) 아르파공의 기침은 폐렴에서 기인하는 것이다. 이는 몰리에르 자신의 지병이기도 하였다.

울리시는데요.

아르파공   그건 그렇고, 마리안이 날 언제 본 적이 있나? 내가 지나가
는 모습을 유심히 본 적이 있는가 말이야.

프로진   아니요. 하지만 영감님에 대해서 많은 이야기를 해줬어요.
영감님의 풍모에 대해서도 자세히 설명해 주었고, 영감님의
장점, 그리고 영감님 같은 배필을 얻음으로써 어떤 이득이
생기는지 빼놓지 않고 얘기했어요.

아르파공   잘했군. 고마워.

프로진   제게 조그만 청이 있는데요. (아르파공의 표정이 굳는다) 소송
중인 재판이 하나 있는데, 돈이 조금 모자라서 지게 생겼지
뭐예요. 영감님께서 제게 조금만 호의를 베풀어 주신다면, 소
송에 쉽게 이길 수 있을 거예요. 그런데 마리안 아가씨가 영
감님을 만나면 얼마나 기뻐할까요! (아르파공의 표정이 밝아진
다) 아! 아가씨 마음에 쏙 드실 거예요! 그 고풍스러운 옷깃에
감탄할 테지요! 끈 장식을 한 저고리에 연결된 그 바지도 좋
아할 거예요. 영감님한테 홀딱 빠지고 말 걸요. 그런 모습의
애인이라면 너무도 매력적일 테니까요.

아르파공   말로 아주 나를 홀리는구만.

프로진   사실, 이번 소송은 저에게 아주 중대한 일이거든요. (아르파
공의 표정이 다시 굳는다) 소송에 지면 전 파산이에요. 조금만
도와주셔도 일이 아주 잘 풀릴 텐데. 영감님에 대한 이야기
를 듣고 아가씨가 황홀해 하던 그 모습을 보셨더라면 얼마
나 좋을까요. (다시 표정이 밝아진다) 영감님 자랑을 했더니
아가씨 두 눈에 기쁨이 넘쳤고, 결혼이 어서 성사되기를 바
라면서 애태우고 있답니다.

아르파공   프로진, 자네 덕에 얼마나 기쁜지 몰라. 정말 큰 신세를 졌네.

프로진   말씀드린 대로 제발 조금만 도와주세요. (다시금 표정이 굳는다) 그러시면 전 다시 일어날 수 있어요. 그 은혜 평생 잊지 않을 거예요.

아르파공   그럼 가 봐. 쓰던 편지를 마저 써야 해서.

프로진   이보다 더 큰 어려움에 처한 적은 일찍이 없었어요.

아르파공   장에 갈 때 타고 갈 마차를 준비시켜야겠군.

프로진   이렇게 어려운 상황만 아니라면, 괴롭혀 드리지 않을 텐데.

아르파공   속 아프지 않게 저녁 식사를 일찍 하게 해야겠어.

프로진   제발 부탁을 들어주세요. 영감님, 아가씨가 얼마나 기뻐하는지….

아르파공   난 가네. 빨리 오라고 재촉하는 소리가 들리는군.

프로진   (혼자서) 지독한 수전노 같으니, 열병에 걸려 지옥에나 떨어져라! 구두쇠 영감이 아무리 해도 꼼짝하지 않는 걸. 그렇다고 해서 포기할 수는 없지, 어쨌든 색시 측으로부터라도 돈을 뜯어낼 수 있겠지.

제3막

제1장
아르파공, 클레앙트, 엘리즈, 발레르, 클로드 부인, 작크 영감,
브랭다브완, 라 메를뤼슈

아르파공 자, 모두 이리로 오게, 오늘 저녁 준비를 위해 각자 할 일을
나누어주겠다. 클로드 부인, 이리 오게. 자네부터 시작하지.
(그녀는 빗자루를 들고 있다) 좋아, 손에 제대로 무기를 들고
있군. 구석구석 깨끗하게 청소해. 가구가 닳으면 안되니 너
무 세게 문지르지 않도록 조심하고. 그리고 식사 중 음료를
담당하도록 해. 음료수 병이 하나라도 부족하거나 깨진다면
자네 책임이니 수당에서 제하겠네.

작크 영감 (방백으로) 지독하구만.

아르파공 자…. 브랭다브완, 그리고 라 메를뤼슈, 자네들은 컵을 닦고
마실 것을 내놓게. 하지만 손님들이 목말라 할 때만 내놓아
야지, 몇몇 건방진 하인 놈들처럼, 손님들은 생각도 없는데
마시라고 부추기는 짓은 삼가 해. 여러 번 요구할 때까지 기
다리고, 언제나 물을 충분히 가져가도록 해.

작크 영감 (방백으로) 그렇죠, 독한 술은 곧 취하지요.

라 메를뤼슈 나리, 이 덧옷[14]은 벗어버릴까요?

아르파공 손님들이 도착하거든 벗어. 옷을 버리지 않게 조심해야지.

---

14) 옷을 더럽히지 않게 하기 위하여 마부 등에게 입게 하였던 두터운 천의, 작업복 개념의 덧옷
을 말한다.

브랭다브완 제 윗저고리 앞쪽에 램프 기름이 묻었어요.

라 메를뤼슈 나리, 제 짧은 바지 뒤쪽에 구멍이 뚫렸는데요. 그냥 넘어가려 했지만, 남이 보면 어쩔까 싶어서….

아르파공 괜찮아. 뚫어진 곳을 벽 쪽으로 잘 돌려 두고, 손님들에게 항상 앞만 보이도록 해. (아르파공은 모자를 자기 윗저고리 위로 가져가면서 브랭다브완에게 기름 자국을 감추려면 어떻게 해야 하는지 보여준다) 자네는 손님을 대할 때 모자를 이렇게 해봐. (엘리즈를 향해서) 엘리즈, 넌 뒷설거지를 감독해라. 낭비나 안 하는지 잘 감시하도록 해. 그런 일은 딸들이 할 일이지. 그리고 내 색싯감이 너와 함께 장에 가려고 찾아 올 테니, 맞아들일 준비를 해라. 잘 알아들었냐?

엘리즈 네, 아버지.

아르파공 우리 멋쟁이 도련님, 아까 일은 용서할 테니, 손님에게 얼굴을 찌푸리지 않도록 하시죠.

클레앙트 제가요, 아버지? 얼굴을 찌푸리다니요? 무엇 때문에요?

아르파공 저런, 아버지들이 재혼하려고 할 때 자식들이 어떻게 나오는지, 소위 새어머니를 어떤 눈으로 보곤 하는지 잘 알고 있어. 하지만 네가 저지른 못된 짓을 덮어주기 바란다면, 그 여자를 좋은 낯으로 대하고 잘 모시도록 해.

클레앙트 아버지, 솔직히 말씀드리자면, 그 여자가 제 새어머니가 된다는 게 영 불편해요. 그렇지 않다면 거짓말일 거예요. 하지만 그 여자를 극진히 맞아들이고 좋은 낯으로 대하는 일이라면 확실하게 할 수 있다고 약속드리죠.

아르파공 그래, 그것만큼은 신경 쓰도록 해라.

클레앙트 그 점에 대해선 걱정 안 하셔도 됩니다.

아르파공 잘 하겠지. 발레르, 자넨 내 곁에서 도와줘. 그리고 작크, ·이리 오게, 마지막으로 자네 차례야.

작크 영감 마부로서 입니까, 아니면 요리사로서 입니까? 두 가지 다 제 일이니까요.

아르파공 두 가지 다지.

작크 영감 하지만 어떤 일부터 시작하죠?

아르파공 요리사부터.

작크 영감 그럼 잠시만 기다려 주세요.

(마부의 모자를 벗어 요리사처럼 보인다)

아르파공 이게 대체 무슨 격식인가?

작크 영감 어서 말씀만 하세요.

아르파공 작크, 오늘 저녁 식사 대접을 해야 하는데 말이야.

작크 영감 별 일이 다 있군.

아르파공 자네, 멋지게 차려낼 수 있겠나?

작크 영감 물론이죠, 돈만 후하게 주신다면요.

아르파공 제기랄! 또 돈이야! 다른 말은 모르는 것처럼 돈, 돈, 돈! 거참! 입만 벙긋해도 돈! 허구한 날 돈타령이니! 돈이란 말이 입에 붙었어!

발레르 저런 버릇없는 말대답이 어디 있죠? 돈을 쳐들여서 멋지게 차려내는 거야. 누군들 못하겠어요! 세상에서 가장 쉬운 일이지요. 그렇게 못한다면 바보겠죠! 적은 돈으로 근사하게 차려내는 게 진짜 실력입니다.

작크 영감 적은 돈으로 근사하게 차려낸다고?

발레르 그럼.

작크 영감 그렇다면 집사 나리께서 손수 그 비결 좀 가르쳐 주시고 요리사 일도 맡아보시지요. 아예 집안 일도 모두 맡아서 하시구요.

아르파공 시끄러워! 필요한 게 대체 뭐야?

작크 영감 집사 나리께서 적은 돈으로 멋지게 차려 주실 텐데요. 뭐.

아르파공 참 나! 어서 말해 봐.

작크 영감 모두 몇 분이나 오시는 데요?

아르파공 여덟에서 열 명 가량 되지. 하지만 여덟으로 치지. 8인분만으로도 열 명이 충분히 먹으니까.

발레르 그렇구 말구요.

작크 영감 그렇다면 수프 큰 접시로 넷 하고 요리 다섯 접시 정도가 필요합니다. 수프랑…, 전채랑….

아르파공 뭐야! 마을 전체를 초대한 줄 알아!

작크 영감 구운 고기에다가….

아르파공 (작크의 입을 틀어막으며) 아니! 이 못된 놈이 내 전 재산을 다 탕진하려나!

작크 영감 앙트르메하고….

아르파공 또 뭐야?

발레르 사람들을 모두 배가 터지도록 먹이려는 건가? 죽도록 먹이려고 손님들을 초대하신 줄 알아? 어서 가서 건강 계율 좀 읽어보고, 과식보다 더 해로운 게 있는지 의사에게 물어봐.

아르파공 맞는 말이야.

발레르 작크, 자네 같은 사람은 명심해야 해. 지나치게 음식을 많이 차리는 건 손님들 건강을 해치는 일이야. 손님들을 잘 대접하려면 검소하게 차려야 해. 옛말에도 있지 않은가. "살기 위해 먹는 것이지, 먹기 위해 사는 것이 아니다."라고 말야.

아르파공 아! 아주 좋은 말이야! 이리 오게. 정말 맘에 들어. 듣던 중 제일 멋진 말이야. "먹기 위해 사는 것이지, 살기 위해 먹는 것이…" 아니, 이게 아냐. 뭐라고 했지?

발레르　"살기 위해 먹는 것이지, 먹기 위해 사는 것이 아니다."

아르파공　맞아. 잘 들었나? 어떤 위대하신 분께서 그런 말을 하셨지?

발레르　지금은 그 분 이름이 기억나지 않는데요.

아르파공　그 말을 꼭 좀 적어 주게. 두고두고 볼 수 있게 내 방 벽난로 위에 써 붙여 놓아야겠어.

발레르　잘 알겠습니다. 식사 준비에 대해서는 저에게 맡겨 주십시오. 제가 모든 걸 알아서 하겠습니다.

아르파공　그러게나.

작크 영감　다행이군, 걱정거리가 줄었으니.

아르파공　사람들이 잘 먹지 않고 금방 질려버릴 만한 음식이 좋은데. 기름진 양고기 스튜나 밤을 잘 채워 넣은 파테 요리 같은 것 말이야.

발레르　저만 믿으십시오.

아르파공　작크, 이제 자네는 마차나 청소하게.

작크 영감　잠시만요. 마부에게 하시는 말씀이시죠. (마부의 모자를 다시 쓴다) 뭐라고 하셨죠….

아르파공　마차를 청소하고 장에 갈 수 있도록 말들을 준비시켜.

작크 영감　말이라구요? 말들은 지금 걷지도 못하는 걸요. 깔아 줄 지푸라기도 없이 맨바닥에 누웠다구요. 이렇게 말해서 안됐지만, 먹이를 너무 안 주셔서, 말인지 뭔지 알아 볼 수도 없을 만큼 뼈만 남았습니다.

아르파공　그렇게 아파서, 아무 일도 안 하잖아!

작크 영감　아무 일도 안 한다고 먹이도 안 주세요? 그 불쌍한 짐승들로서는 일 많이 하고 많이 먹는 편이 훨씬 나을 걸요. 그렇게 지쳐 빠진 꼴을 보니 가슴이 찢어지는 것 같아요. 말들에게 동정이 가서, 고생하는 모습을 보면 남의 일 같지가 않더라구요. 그래서 매일 제 음식을 남겨 주었죠. 이웃을 불쌍히 여기지 않는 건 잔인한 일이잖아요, 나리.

아르파공 장에 가는 일쯤은 그리 힘든 일이 아냐.

쟈크 영감 안돼요. 나리. 그 말들을 끌고 갈 수는 없어요. 말들이 그 지경인데 어떻게 채찍질을 하겠어요? 제 몸도 주체 못하는데 마차를 어떻게 끌겠냐구요?

발레르 나리, 이웃에 사는 피카르더러 끌고 가라고 하겠습니다. 쟈크는 여기서 식사 준비를 돕는 게 좋겠어요.

쟈크 영감 좋아요. 저도 말들이 제 손에서 죽는 꼴은 못 보겠어요.

발레르 쟈크 영감은 정말 따지기 좋아하는군.

쟈크 영감 집사 나리야말로 진짜 끼어들기 좋아하는군.

아르파공 시끄러워!

쟈크 영감 나리, 전 아첨꾼이라면 질색입니다. 저 친구 하는 꼴을 보니 빵, 포도주, 장작, 소금, 초까지 일일이 감시하고 나서는데, 모두가 나리에게 잘 보이려고 아첨하는 거예요. 전 그런 꼴 못 봅니다. 사람들이 허구한 날 나리 얘기하는 것 듣기도 짜증나구요. 어쨌든 전 나리에게 저도 모르게 마음이 갑니다. 말을 제껴 놓고는 나리를 제일 좋아한다구요.

아르파공 쟈크, 사람들이 대체 나에 대해서 뭐라고들 하는지 말해 주겠나?

쟈크 영감 예, 하지만 화내시지 않는다고 약속하셔야 해요.

아르파공 절대 안내지.

쟈크 영감 안되겠어요. 화내실 게 분명하거든요.

아르파공 아니라니까, 오히려 기분이 좋아. 난 남들이 내 얘기하는 것 듣기를 아주 좋아하는걸.

쟈크 영감 그렇게 듣고 싶어하시니 사람들이 어디서나 나리에 대해 비웃는다고 솔직하게 말씀드리죠. 여기 저기서 나리에 대해 수군거린답니다. 나리 뒤꽁무니를 따라다니면서 나리가 얼마나 구두쇠인지 떠들어대기를 좋아하는 거지요. 어떤 사람은 나리가 특별한 달력을 만들어서 계절마다 돌아오는 단식일과 축제 전야의 단식일을 두 배로 지키게 한다고 하기도 하고, 또 누구는, 연말 연시가 되거나 하인들이 나리 댁을 그만 둘 때, 나리가 아무 것도 주지 않으려고 일부러 시빗거리를 찾는다고도 하더라구요. 언젠가는 이웃집 고양이가 양고기 찌꺼기를 훔쳐먹었다고 소송까지 걸으셨다면서요. 또 한 번은 나리가 한밤중에 말들이 먹는 귀리가 아까워서 들어내다가 들키셔서 이전에 있던 마부한테 흠씬 두들겨 맞으셨다던데요. 아무 말씀 없으시네요. 더 들어 보시겠어요? 어딜 가나 나리를 비난하는 소리예요. 누구나 나리를 비웃는다구요. 나리가 수전노, 욕심꾸러기에다 고리대금업자라고들 떠들어 댑니다.

아르파공 (그를 때리며) 너야말로 바보, 천치에다 천하의 불한당이다.

작크 영감 나 참! 이럴 줄 알았지. 제 말을 못 믿으시는군요. 제가 사실대로 말씀드리면 화내실 거라고 그랬잖아요.

아르파공 말을 하려면 제대로 해.

제 2 장

작크 영감, 발레르

발레르 작크, 내가 보기에 자네 괜한 말을 했어.

작크 영감 빌어먹을! 새로 오신 양반, 잘난 척은 혼자 다 하시는데 이

일에서는 빠지시지. 남 두드려 맞는 것 비웃지 말고 자네나
우스운 꼴 되지 말라구.

발레르 작크 영감 나리, 제발 화내지 마시지요.

작크 영감 (방백으로) 금방 꼬리를 내리는군. 세게 나가야겠어. 날 무서
워할 정도로 어리석다면, 손 좀 봐줘야지. (큰 목소리로) 웃음
보 나리, 난 하나도 웃기지 않아, 알겠어? 나 열 받게 하면
재미없을 줄 알아.

(발레르를 위협하여 무대 끝까지 밀어 붙인다)

발레르 아니! 참아!

작크 영감 뭐, 참으라구? 맘에 안 든단 말이야.

발레르 좀 봐 주게!

작크 영감 건방지단 말야.

발레르 작크 영감 나리!

작크 영감 작크 영감 나리라고 불러봤자 국물도 없어. 몽둥이만 있다면
두들게 패 줄텐데.

발레르 뭐! 몽둥이라구?

(발레르가 작크를 반대로 밀어 붙인다)

작크 영감 엥! 그 말이 아닌데.

발레르 바보 나리, 나야말로 자넬 패고도 남는다는 걸 아는가, 모르
는가?

작크 영감 여부가 있나요.

발레르 자네가 고작 부엌데기 밖에 안 된다는 것도?

작크 영감 잘 알죠.

발레르 날 아직 잘 모르고 있다는 것도?

작크 영감 잘 알다 마다요.

발레르 날 두들게 팬다고 했겠다?

작크 영감　웃자고 한 소리에요.

발레르　자네 농담, 하나도 우습지 않아. (몽둥이로 때린다) 자네 농담
이 서투르다는 걸 알아 둬.

작크 영감　솔직해서 탈이란 말야! 안되겠어. 이제부터는 절대 사실대로
말하지 말아야지. 주인 나리라면 날 때릴 만 하다고 하지만,
저 집사란 작자는 또 뭐야, 기회를 봐서 혼내줘야겠어.

제3장
프로진, 마리안, 작크 영감

프로진　작크 영감, 주인 나리 댁에 계신가?

작크 영감　계시고 말고요. 확실합니다.

프로진　그럼 우리가 왔다고 전해줘요.

제4장
마리안, 프로진

마리안　아! 프로진, 기분이 이상해요! 솔직히 말해서, 두렵다고나 할
까요.

프로진　아니 왜요? 어째서 그렇게 불안해 하세요?

마리안　아! 몰라서 물으세요? 시련을 코앞에 둔 사람의 심정을 모르
시겠어요?

프로진　팔자 좋게 살다 죽으려면 아르파공 영감이 좋은 배필감이예
요. 보아하니, 전에 말씀하신 그 멋쟁이 젊은이한테 생각이

있으신 것 같지만요.

마리안　맞아요. 프로진, 그건 부인할 수 없는 사실이에요. 솔직히 말하자면, 그이가 저번에 우리집을 찾아 왔을 때 어쩐지 마음에 들더라구요.

프로진　그런데 어떤 사람인지 알기나 해요?

마리안　아니요. 잘 몰라요. 하지만 사랑 받을 만한 사람인 것은 확실해요. 내 마음대로 할 수 있다면 차라리 그이와 결혼하겠어요. 제가 결혼해야 한다는 그 끔찍스런 신랑감보다 훨씬 낫다구요.

프로진　맙소사! 멋쟁이 젊은이들은 보기에도 좋고 말도 번지르르하게 하지만 대부분은 찢어지게 가난하답니다. 나이는 많아도 돈 많은 영감이 훨씬 나아요.

마리안　맙소사, 프로진, 행복해지기 위해서 남이 죽기를 바라다니요. 그리고 사람 목숨을 어디 우리 마음대로 할 수 있어요?

프로진　모르시는 말씀! 곧 과부가 될 것을 전제로 결혼하는 거예요. 그게 계약조건 중 하나로 들어가야만 하지요. 삼 개월 내에 죽어 주지 않으면 곤란한데! 마침 저기 장본인이 오시는군.

마리안　아! 프로진, 어쩜 저렇게 생겼지!

제5장

아르파공, 프로진, 마리안.

아르파공　제가 안경을 썼다고 해서 너무 언짢아하지 마십시오, 아가씨. 눈부실 정도로 아름다운 그 모습이 뚜렷하게 잘 보입니다만, 별들을 관찰하려면 안경을 쓰지 않습니까? 아가씨는 별들 중에서도 가장 아름다운 별입니다. 프로진, 대답이 없는걸, 내가 전혀 반갑지 않은 모양이야.

프로진 어려워서 그러는 거예요. 아가씨들은 수줍음을 타서 언제나 감정 표현에 서투르거든요.

아르파공 옳거니. (마리안에게) 아름다운 아가씨, 저기 저희 딸아이가 인사하러 옵니다.

제6장

엘리즈, 아르파공, 마리안, 프로진

마리안 이제야 찾아뵙게 되었습니다, 아가씨.

엘리즈 제가 먼저 찾아뵈었어야 하는데, 이렇게 먼저 찾아주셨네요.

아르파공 보시다시피 덩치만 큽니다. 항상 잡초가 잘 자라는 법이죠.

마리안 (프로진에게, 낮은 목소리로) 정말 기분 나쁜 사람이야!

아르파공 뭐라고 하셨지?

프로진 영감님이 정말 멋지시다구요.

아르파공 그렇게 생각해주시다니 정말 영광입니다, 귀여운 아가씨.

마리안 (방백으로) 짐승 같은 늙은이!

아르파공 그렇게 느끼셨다니 감사할 따름입니다.

마리안 (방백으로) 더 이상은 못 참겠어.

아르파공 저기 제 아들 녀석도 인사를 드리러 오는군요.

마리안 (프로진에게 낮은 목소리로) 아! 프로진, 이게 웬 일이야! 방금 말했던 바로 그 젊은이야.

프로진 (마리안에게) 일이 희한하게 돌아가는데요.

아르파공 제게 이렇게 다 큰 자식들이 있다는 게 놀라우신가 본데, 곧 결혼시켜 내 보낼 겁니다.

제7장
클레앙트, 아르파공, 마리안, 프로진, 발레르

클레앙트 솔직히 이렇게 뵙게 되리라고는 예상하지 못했습니다. 방금 아버님으로부터 말씀을 듣고는 매우 놀랐습니다.
마리안 저도 마찬가지예요. 여기서 뵙게 되다니 놀랍군요. 이런 일이 있으리라고는 생각지도 못했어요.
클레앙트 사실 아버님께서 이보다 더 훌륭한 배필을 고르실 수는 없었을 겁니다. 그리고 다시 뵙게 되어 정말 기쁘고도 영광스럽습니다. 하지만 아가씨가 제 새어머니가 될 수도 있다는 사실을 도저히 받아들일 수 없습니다. 솔직히 전 마음에 없는 말은 못 합니다. 죄송하지만, 새어머니라니 당신에게 어울리지 않아요. 이런 말을 하는 것이 냉정하게 들릴지 모르지만 아가씨는 제 말을 제대로 이해해 주시리라 믿습니다. 짐작하시겠지만, 이 결혼이 저에게는 불쾌하기 짝이 없습니다. 제가 누구인지 안 이상, 그게 저에게 왜 그렇게 문제가 되는지 잘 아실 겁니다. 아버지께는 죄송하지만 마지막으로 한마디만 덧붙이겠습니다. 제 마음대로 할 수만 있다면 이 결혼을 깨고 싶습니다.
아르파공 아니 그따위 인사말이 어디 있어! 어쩌자고 그런 말도 안 되는 소리를 지껄이는 거야!
마리안 제 대답을 원하신다면, 저도 당신과 같은 생각이에요. 저를 새어머니로 여기기 힘드시다면, 저 역시 당신을 의붓아들로 여기기 힘들어요. 당신에게 이런 고충을 안겨드리게 된 게 제 본심이 아니었다는 점만은 믿어주세요. 당신이 그렇게 불쾌해 하시니 저 또한 괴롭군요. 제가 어쩔 수 없이 해야만 하는 결혼이 아니라면, 당신을 괴롭게 하는 결혼 따위는 결코 하지 않을 거예요.

아르파공 옳거니. 우스꽝스러운 인사말에 합당한 답변이로군. 아가씨, 아들 녀석의 무례함을 용서해 주시기 바랍니다. 아직 미숙하다 보니 자기가 하는 말이 무슨 말인지도 모른답니다.

마리안 제가 불쾌할 만한 말은 한 마디도 없었어요. 오히려 진심을 솔직하게 얘기해 주셔서 기뻤는걸요. 전 그런 고백이 마음에 들어요. 다른 식으로 말했다면 아마 덜 좋아했을 거예요.

아르파공 잘못을 그렇게 감싸주시다니 정말 너그러우십니다. 세월이 지나면 철도 들고, 감정도 정리될 겁니다.

클레앙트 아니요. 아버지, 제 감정은 변하지 않아요. 아가씨, 그것만은 제발 믿어주십시오.

아르파공 아니 도대체 무슨 씨알머리 없는 소리야! 점점 더하는 구만.

클레앙트 제가 마음에 없는 소리를 하기 바라세요?

아르파공 또! 다른 식으로 말할 수 없겠어?

클레앙트 아버지께서 다른 식으로 말하라고 하셔서, 아버지 대신 말씀드리니 양해하세요. 세상에서 당신처럼 매력적인 사람은 처음 보았습니다. 당신을 즐겁게 해드릴 수 있다면 그보다 더 행복한 일은 없을 거예요. 당신의 남편이 되어 영예와 행복을 누릴 수 있다면 이 세상 어느 군왕도 부럽지 않을 겁니다. 그래요. 당신을 차지하는 것 보다 더 큰 행운은 없을 거예요. 그것만이 제가 바라는 바입니다. 이 고귀한 목표를 이

루기 위해서라면 그 어떤 일이라도 해 낼 겁니다. 아무리 커다란 장애물이 있더라도….

아르파공 애야, 제발 진정해.

클레앙트 아버지를 대신해서 말씀드린 거예요.

아르파공 맙소사! 난 뭐 입이 없는 줄 알아? 너 같은 대변인은 필요없어. 자, 자리에 앉자.

프로진 아니요. 우리는 이 길로 장에 가 봐야겠어요. 일찍 다녀와서 충분히 얘기하도록 하죠.

아르파공 그럼 마차에 말을 매달도록 해. 떠나기 전에 뭐라도 대접해 드리지 못해 정말 죄송합니다, 아가씨.

클레앙트 아버지, 제가 미리 준비해 뒀어요. 아버지를 대신해서 중국산 오렌지 몇 조각과 달콤한 레몬, 그리고 과일 절임을 주문해 두었거든요.[15]

아르파공 (발레르에게, 낮은 목소리로) 발레르!

발레르 (아르파공에게) 정신이 완전히 나갔네요.

클레앙트 아버지, 이걸로는 부족하다고 생각하세요? 아가씨는 아마 양해해 주실 겁니다.

마리안 그렇게까지 하지 않으셔도 되는데요.

클레앙트 아가씨, 아버지가 끼고 계시는 저 다이아몬드 반지보다 더 빛나는 것을 보신 적이 있으세요?

마리안 정말 광채가 대단한데요.

클레앙트 (아버지의 손가락에서 반지를 빼서, 마리안에게 주며) 가까이에서 보셔야 합니다.

마리안 너무 멋져요, 어쩌면 이렇게도 반짝거리죠?

---

15) 오렌지나 레몬은 호사스러운 과일로 간주되었다. 과일 절임과 함께 상류 사회에서 적절한 손님 접대를 위하여 준비되었다.

클레앙트 (반지를 돌려주려는 마리안을 막아서며) 아니에요. 그 아름다
운 손에 잘 어울리는데요. 아버지가 주시는 선물이니 가지
고 계세요.

아르파공 내가 줘?

클레앙트 아가씨가 아버지에 대한 사랑의 징표로 반지를 간직해 주기
를 바라지 않으세요?

아르파공 (낮은 목소리로) 뭐라구!

클레앙트 멋진 청혼이에요. 아버지는 아가씨가 반지를 받아 주셨으면
하십니다.

마리안 전 그러고 싶지 않은데….

클레앙트 무슨 말씀이세요? 아버지는 그걸 절대로 도로 받지 않으실
겁니다.

아르파공 (방백으로) 미치겠네!

마리안 아마도….

클레앙트 (여전히 마리안이 반지를 돌려주지 못하도록 막으며) 아니에요.
아버님을 모독하는 거라니까요.

마리안 제발….

클레앙트 정말 아닙니다.

아르파공 (방백으로) 죽일 놈 같으니….

클레앙트 안 받으시니까 노여워하시잖아요.

아르파공 (낮은 목소리로, 아들에게) 이 못된 놈!

클레앙트 보시다시피 실망이 대단하십니다.

아르파공 (낮은 목소리로, 아들을 위협하며) 이 악당!

클레앙트 아버지, 제 잘못이 아니에요. 그렇게 받으라고 했는데 자꾸
망설이시잖아요.

아르파공 (낮은 목소리로, 아들에게 화가 나서) 불한당!

클레앙트	아가씨 때문에 제가 야단맞네요.
아르파공	(낮은 목소리로, 아들에게 얼굴을 찌푸리며) 망나니!
클레앙트	이러다가 아버지 병나시겠어요. 아가씨, 그만 받아주시죠.
프로진	맙소사! 이게 웬 난리야! 영감님이 원하시는데, 어서 받으세요.
마리안	화내실까봐 받겠습니다. 하지만 다음 기회에 되돌려 드릴게요.

제8장

아르파공, 마리안, 프로진, 클레앙트, 브랭다브완, 엘리즈

브랭다부안	나리, 누가 찾아 왔는데요.
아르파공	지금 바쁘니까 다음에 오라고 해.
브랭다부안	돈을 가지고 왔다는데요.
아르파공	죄송합니다. 곧 돌아오겠습니다.

제9장

아르파공, 마리안, 클레앙트, 엘리즈, 프로진, 라 메를뤼슈, 발레르

라 메를뤼슈	(달려오다가 아르파공을 넘어뜨린다) 나리….
아르파공	아이고! 나 죽겠다!
클레앙트	아버지, 무슨 일이세요? 어디 다치셨어요?
아르파공	저놈이 채무자한테 돈을 받고 내 목을 부러뜨리려는 게 틀림없어.

발레르 괜찮으신데요.

라 메를뤼슈 나리, 죄송합니다. 급한 마음에 막 달려왔더니….

아르파공 망할 놈, 뭘 하러 왔어?

라 메를뤼슈 나리 말 두 마리 모두 편자가 빠져서, 말씀드리러 왔어요.

아르파공 그럼 얼른 대장간으로 데리고 가.

클레앙트 편자를 박는 동안 전 아버지 대신 아가씨께 집 구경을 시켜 드리고, 정원에서 간단히 간식 대접을 해드리겠습니다.

아르파공 발레르, 모든 걸 잘 감시하고, 절대 낭비하는 일 없도록 하게. 남는 건 가게로 되돌려 보내.

발레르 알겠습니다.

아르파공 (혼자서) 건방진 아들놈이! 날 아주 망하게 할 셈인가?

제4막

제1장
클레앙트, 마리안, 엘리즈, 프로진

클레앙트 자, 이리 들어와요. 여기가 좋겠네요. 주변에 엿들을 사람이 없으니 마음놓고 얘기할 수 있을 거예요.

엘리즈 그러세요, 오빠한테서 아가씨를 사랑하고 있다는 얘기 들었어요. 이런 곤란한 상황에 처하게 돼서, 얼마나 괴롭고 힘드실 지 짐작이 가요. 아가씨 일이라면 제가 마음을 다해 도와드릴게요.

마리안 아가씨 같으신 분이 제 편이 되어 주시다니 정말 든든해요. 그 너그러운 마음 늘 변치 않으셨으면 해요. 제 어려운 일들을 헤쳐 나가는데 큰 도움이 될 거예요.

프로진 두 분 다 정말 안 되셨군요. 진작 알려주시지 그랬어요! 그랬더라면 이런 난처한 일이 생기게 하지는 않았을 텐데.

클레앙트 어쩌겠어요? 내가 운이 나빠서 이렇게 된 거죠. 그런데 마리안, 어떻게 할 생각이죠?

마리안 아아! 내 마음대로 할 수가 있겠어요? 저의 상황에서는 그저 모든 게 잘 되기를 바라기만 할 뿐이죠.

클레앙트 단순히 바라기만 할 뿐 마음 속에 다른 감정은 없으세요? 좀 더 적극적인 동정심이나, 힘이 되어주고 싶은 마음이나, 타오르는 사랑 같은 것은 없단 말입니까?

마리안 제가 무슨 말을 할 수 있겠어요? 제 입장이 돼서, 제가 무엇을 할 수 있는지 한번 헤아려 보세요. 그러니 무엇이든 제게 말만 해 주세요. 당신에게 모든 걸 맡기겠어요. 사려 깊으신 분이시니, 명예나 예법에 어긋나는 일을 제게 강요하지는 않으시리라고 믿어요.

클레앙트 아니! 엄격한 명예나, 답답한 예법 같은 거북스러운 기준에 맞춘다면 뭘 어떻게 하겠어요?

마리안 그러면 어떻게 하지요? 여자가 지켜야 할 수많은 도리를 저 버린다고 해도 어머니만은 챙겨 드려야 해요. 저를 항상 지 극 정성으로 키워 주셨거든요. 어머니를 실망시켜 드릴 수 는 없어요. 그러니 어머니를 설득해 주세요. 어머니 마음에 들 수 있도록 최대한 노력해 보세요. 무엇이든 당신이 원하 시는 대로 말씀하시고 행동하셔도 좋아요. 당신에 대한 제 마음을 밝혀야만 한다면 저도 당신에 대한 제 모든 감정을 어머니께 말씀드리겠어요.

클레앙트 프로진, 제발 우릴 좀 도와줄 수 있을까?

프로진 두말하면 잔소리에요. 성심껏 도와드리죠. 본래 제 인간성 하 나만은 알아주잖아요. 제 마음이 돌로 된 것도 아니고, 이렇 게 진심으로 사랑하는 사람들을 보면 무엇이든 해 주고 싶은 마음이 저절로 든답니다. 그럼 어떻게 하는 것이 좋을까요?

클레앙트 잘 좀 생각해봐요.

마리안 꾀를 내 보세요.

엘리즈 이번 중매를 깰 수 있도록 해보세요.

프로진 좀 어려운데요. (마리안에게) 어머니는 사리가 분명하신 분이 시니까, 이번 혼사에서 아버지 대신 아들을 택하시도록 마음 을 움직일 수 있을 거예요. (클레앙트에게) 하지만 문제는 바 로 도련님 아버님이에요. 그 분이 어떤 분이십니까.

클레앙트　그건 그렇지.

프로진　이번 혼사를 원치 않는다고 하면, 아마 원한을 가지고 도련
　　　　님 결혼에 동의하지 않으실 거예요. 일을 제대로 하려면 아
　　　　버님이 먼저 혼사를 깨시도록 해야 해요. 요컨대 아가씨에
　　　　대해서 싫증나시게 할 만한 방법을 찾아야지요.

클레앙트　옳은 말이야.

프로진　옳구 말구요, 틀림없어요. 이 방법이 최고예요. 그런데 그 놈
　　　　의 방법을 어디에서 찾는다? 가만 있자. 나 정도로 수단 좋고
　　　　나이 지긋한 여자를 하나 찾아내 볼까요? 수행할 하인들을
　　　　구하고, 저 멀리 브르타뉴 지방에서 온 후작 부인이나 자작
　　　　부인이라고 하면서 야릇한 이름을 붙여주고는 귀족 부인 행
　　　　세를 시키는 거죠. 그 여자가 집도 여러 채인데다가 십만 에
　　　　퀴나 가지고 있는 부자라고 하면서, 도련님 아버지한테 홀딱
　　　　반해서, 결혼만 성사된다면 가진 재산을 다 드리려 한다고 너
　　　　스레를 떨어 보겠어요. 아버지는 분명히 귀가 솔깃하실 거예
　　　　요. 그 분이 아가씨를 엄청 좋아하는 것은 사실이지만 돈을
　　　　쬐끔 더 좋아하시거든요. 이 미끼에 눈이 멀게 되면, 아가씨
　　　　와 혼사를 치루려고 했다손 치더라도, 모든 걸 취소하고는 우
　　　　리 자작부인의 진가를 알아보려고 하게 될 거라는 거죠.

클레앙트　아주 좋은 생각인데.

프로진　어디 봅시다. 이 일에 딱 맞을 친구가 하나 있어요.

클레앙트　프로진, 일만 잘 되면 사례는 두둑히 하겠네. 사랑스런 마리
　　　　안, 당신 어머니부터 찾아 뵈어야 하겠어요. 이 혼사를 깨려
　　　　면 할 일이 아주 많아요. 할 수 있는 한 최대한 노력하세요.
　　　　어머님이 당신을 아껴주시는 만큼 그 마음을 잘 움직여 보세
　　　　요. 하늘이 당신 두 눈과 입에 내려주신 우아한 말씀씨랑, 거

칠 것 없는 매력을 아낌없이 발휘해 봐요. 누구든 거절할 수
없게 만드는 사랑스런 말씨로 부드럽게 애원하고 감동적인
태도를 잊지 말아요.

마리안   할 수 있는 데까지 최선을 다해 볼게요.

제2장

아르파공, 클레앙트, 마리안, 엘리즈, 프로진

아르파공   (방백으로) 저런! 아들 녀석이 장차 새어머니가 될 여자 손에
입을 맞추고 있는데, 여자는 전혀 싫은 기색이 없네. 무슨 까
닭이지?

엘리즈   아버지가 오시네요.

아르파공   마차가 다 준비되었으니, 언제든 원하실 때 가실 수 있습니
다.

클레앙트   아버지께서 안 가신다면, 제가 안내해 드리겠습니다.

아르파공   아니야, 여기 있어. 그냥 가시게 두고, 나랑 볼 일 좀 보자.

제3장

아르파공, 클레앙트

아르파공   흠, 장차 새어머니 되실 분 말인데, 너 그 사람에 대해서 어
떻게 생각하나?

클레앙트   어떻게 생각하느냐구요?

아르파공   자세며, 체격, 미모, 그리고 재치 같은 것 말이다.

클레앙트 뭐, 그저 그렇죠, 뭐.

아르파공 그리고 또?

클레앙트 솔직히 말씀드려서, 전에 생각했던 것과 달라졌던데요. 너무 교태스럽고, 몸매는 비틀어졌고, 외모도 별 볼일 없고, 재치도 평범한 수준이고요. 아버지를 실망시켜드리려는 게 아니라, 새어머니 감으로, 특별히 마음에 들지 않는다는 말이에요.

아르파공 하지만 아까 그 여자한테….

클레앙트 아버지를 대신해서 잠시 달콤한 말을 속삭였던 것 뿐이에요. 아버지 좋으시라구요.

아르파공 그렇다면 그 여자에게 마음이 끌리거나 하지는 않는다는 말이지?

클레앙트 제가요? 천만예요.

아르파공 곤란한 걸. 그렇다면 계획을 바꿔야만 할 테니 말이야. 여기서 그 여자를 보면서 내 나이 생각을 하게 되더라구. 그렇게 젊은 여자랑 결혼한다고 남들이 쑥덕거릴 것 같기도 하고 말이야. 그래서 결심을 바꾸게 된 거야. 헌데 이미 그 여자에게 말도 꺼내 놓고, 약속을 한 상황이니까, 네가 싫지 않다면 그 여자를 너에게 줄까 하는데.

클레앙트 저에게요?

아르파공 네게로.

클레앙트 결혼 상대로요?

아르파공 결혼 상대로.

클레앙트 제 얘기 좀 들어보세요. 그 여자가 제 마음에 쏙 드는 것은 아니에요. 그렇지만 아버지가 정 원하신다면 아버지를 봐서 그 여자와 결혼하도록 하지요.

아르파공 날 봐서? 난 네가 생각하는 것보다 훨씬 더 이성적인 사람이야. 네 애정 문제까지 강요하고 싶지는 않다.

클레앙트 죄송합니다만, 아버지를 생각해서, 해 보도록 할게요.

아르파공 아냐, 아냐. 애정 없는 결혼은 행복할 수가 없어.

클레앙트 일단 결혼을 하고 나면 애정도 생기는 게 아니겠어요, 아버지. 사랑은 결혼의 결실이라고들 말하잖아요.

아르파공 아니야. 남자 입장에서 일을 그르쳐서는 안 돼. 불행한 결과만 생긴단 말이야. 나 같으면 조심할 거야. 네가 그 여자를 웬만큼 좋아한다면, 나 대신 널 결혼시키겠다만, 그렇지 않으니, 원래 계획대로 그냥 내가 결혼해야겠다.

클레앙트 그럼, 일이 이렇게 된 이상, 아버지께 제 마음을 솔직하게 털어놓아야겠어요. 비밀스런 사연이 있거든요. 사실 제가 언젠가 산책길에서 우연히 그 여자와 마주친 적이 있었어요. 그 후로 그 여자를 사랑하게 되었죠. 그래서 아버지께 그 여자와 결혼하겠노라 말씀드릴 생각이었어요. 하지만 아버지께서 언짢아하실까봐 망설이고 있었던 거예요.

아르파공 집에 찾아간 적이 있었냐?

클레앙트 네, 아버지.

아르파공 여러 번?

클레앙트 비교적 여러 번 찾아갔지요.

아르파공 널 극진히 맞아주던?

클레앙트 네. 아주 극진히 맞아줬어요. 제가 누구인지도 모르고 말예요. 그래서 마리안이 아까 절 보고 놀란 거예요.

아르파공 그 여자를 사랑하고, 앞으로 결혼하고 싶다고 고백을 했냐?

클레앙트 물론이죠. 그 어머니께도 운을 떼기는 했어요.

아르파공 그럼 그 여자 어머니가 네 청혼을 흔쾌히 들어 주시더냐?

클레앙트 네. 아주 정중하게 들어주셨어요.

아르파공 그럼 딸도 네 청혼에 호의를 보였고?

클레앙트 겉으로 보기에는 저에게 호감을 가지고 있는 것 같았어요, 아버지.

아르파공 (낮은 목소리의 방백으로) 비밀을 알아내서 다행이야. 바로 의심했던 그대로군. (큰 목소리로) 자, 그럼 어떻게 해야 할지 알겠냐, 클레앙트? 네가 그 사랑인지 뭔지를 포기해야겠다. 애비가 점찍어 둔 여자 뒤꽁무니를 쫓아다니는 일일랑 집어치우고, 내가 정해주는 여자와 당장 결혼하거라.

클레앙트 아버지. 아니, 자식을 이렇게 놀리시깁니까? 좋아요! 일이 이렇게 된 마당에, 저도 마리안을 절대로 포기하지 않겠습니다. 알아두세요. 그 여자를 차지하기 위해서라면 아버지와 경쟁하는 것보다 더한 일도 마다하지 않겠어요. 아버지가 그 여자 어머니의 승낙을 받으셨다면, 저로서는 절 도와줄 만한 다른 방법을 찾아 보겠습니다.

아르파공 뭐라고, 못된 놈 같으니! 감히 애비 몫을 넘봐?

클레앙트 아버지가 제 몫을 넘보신 거예요. 날짜로 보면 제가 먼저거든요.

아르파공 내가 네 아버지 아니냐? 어른을 존중할 줄 알아야지.

클레앙트 이런 일에 자식이 무조건 아버지 의사를 따르기만 할 수는 없죠. 사랑엔 부모도 없습니다.

아르파공 네 녀석을 호되게 쳐서 정신을 차리게 해야겠다.

클레앙트 아무리 위협하셔도 소용없어요.

아르파공 마리안을 포기해.

클레앙트 절대로 못해요.

아르파공 누가 몽둥이 하나 가져와!

제4장

작크 영감, 아르파공, 클레앙트

작크 영감 아니, 아니, 왜들 이러십니까요? 뭘 하시려구요?

클레앙트 흥, 별 일 아니야.

작크 영감 (클레앙트에게) 아니! 도련님, 왜 그러세요.

아르파공 저 따위로 말하다니!

작크 영감 (아르파공에게) 아이고, 나리, 제발.

클레앙트 끝까지 버틸 거야.

작크 영감 (클레앙트에게) 뭐라구요! 아버님께요?

아르파공 나도 못 참아.

작크 영감 (아르파공에게) 뭐라구요! 아드님께요? 이러지 마세요!

아르파공 작크, 그럼 자네가 이 일의 심판관이 되어 주게. 내가 옳다는 걸 밝혀줬으면 해.

작크 영감 좋습니다. (클레앙트에게) 잠시 자리 좀 피해주세요.

아르파공 내가 어떤 여자를 마음에 두고 결혼을 하려는데, 저 못된 녀석이 자기도 그 여자를 사랑합네 하면서 자기가 차지하겠다는 거야, 내 말을 싹 무시하고 말이야.

작크 영감 그러면 안 되죠!

아르파공 아버지와 경쟁하려 하다니, 그런 파렴치한 일이 어디 있나? 아버지가 마음에 둔 여자라면 제 놈이 포기해야 도리에 맞지 않겠어?

작크 영감 옳으신 말씀입니다. 제가 얘기해 볼 테니, 여기 계십시오.

클레앙트를 찾아 무대 반대 편 끝으로 간다.

클레앙트   그럼 좋아, 자네를 재판관으로 삼으셨으니, 나도 대응하겠어. 누구인들 상관없지. 작크, 자네한테 왜 이런 분란이 일어났는지 얘기해 주지.

작크 영감   그러시다면 영광이지요.

클레앙트   내가 어떤 젊은 여자에게 흘딱 반했는데 그 여자도 내 마음을 부드럽게 받아줬어. 그런데 아버지가 그 여자에게 청혼을 하시면서 우리 사랑을 가로막으시지 뭐야.

작크 영감   단연코 그러시면 안되죠.

클레앙트   그 나이에 결혼을 생각하시다니 부끄럽지도 않으신지? 사랑놀음에 아직도 미련을 가지시다니 말야? 그런 일은 이제 젊은이들에게 넘기셔야 하는 거 아냐?

작크 영감   옳고 말고요. 부끄러운 노릇입니다. 제가 가서 몇 말씀 드려보겠어요. (아르파공에게 다시 간다) 아드님이 나리 말씀 만큼 이상한 상태는 아니던데요. 분별력이 있으십니다. 아버님을 존경해야 한다는 사실은 잘 알고는 있지만 열정에 휩싸인 나머지 너무 흥분했었다고 그러시네요. 앞으로 아버님께서 좀 더 자상하게 대해주시고 마음에 들 만한 색싯감을 골라주신다면, 아버님이 흡족하실 수 있도록 고분고분해지시겠다는 거예요.

아르파공   아! 작크, 그런 상황이라면 나한테 무엇이든 기대해도 좋다고 해. 마리안만 아니라면 그 누구라도 마음대로 고르라고 하겠어.

작크 영감   제게 맡겨 주세요. (아들에게 간다) 아버님께선 도련님이 말씀하신 만큼 그렇게 이성을 잃으신 상태는 아니에요. 도련님이 너무 흥분하셔서 아버님도 화가 나셨었다고 그러시더라구요. 도련님 행동만 탓하셨어요. 도련님이 앞으로 아버님께 자식된 도리를 다하고 예의바르게 처신하신다면, 도련님이 원하시는 걸 들어주시려고 할 거예요.

클레앙트 아! 작크, 마리안만 내게 허락해 주신다면, 그지없이 착한 아들이 될 거야. 아버지 원하시는대로만 행동할 테고.

작크 영감 (아르파공에게) 됐어요! 나리 뜻대로 하겠답니다.

아르파공 아주 잘됐군.

작크 영감 (클레앙트에게) 다 해결됐어요. 도련님 약속에 만족하십니다.

클레앙트 하늘이 도우셨군!

작크 영감 자, 그럼 두 분이 함께 이야기를 나눠 보시죠. 이제 뜻이 맞았어요. 오해 때문에 싸우셨던 거예요.

클레앙트 작크, 내 이 은혜 평생 잊지 않겠어.

작크 영감 천만예요, 도련님.

아르파공 작크, 자네 덕에 기분이 좋아졌어. 보답을 하겠네. 꼭 기억해 두지.

(주머니에서 손수건을 꺼낸다. 마치 작크 영감에게 무언가를 주는 듯 할 뿐이다)

작크 영감 감사드립니다.[16]

제5장

클레앙트, 아르파공

클레앙트 용서해 주세요, 아버지. 제가 너무 흥분했었나 봐요.

아르파공 괜찮아.

---

16) 아르파공으로부터의 상여금을 기대하던 작크 영감은 아무 것도 받지 못하자 빈정거리는 어조로 이 말을 하게 된다.

클레앙트 진심으로 뉘우치고 있어요.

아르파공 제 정신을 차리다니 진심으로 기쁘구나.

클레앙트 잘못을 이렇게 쉽게 용서해 주시다니 정말 너그러우세요.

아르파공 자식이 제 정신만 차린다면 모든 잘못을 덮어줄 수 있지.

클레앙트 뭐라고요! 제 못된 행동에 대해서 더 이상 아무런 원한이 없으세요?

아르파공 네가 고분고분 말을 잘 듣겠다고 하니, 그렇지.

클레앙트 아버지, 죽는 날까지 아버지 은혜는 잊지 않겠어요.

아르파공 나도 네가 원하는 것이라면 무엇이든 다 주겠다.

클레앙트 아! 아버지, 저 더 이상 아무 것도 필요하지 않아요. 마리안을 주신 것으로 충분합니다.

아르파공 뭐라구?

클레앙트 아버지께 너무나도 감사해요. 마리안을 제게 허락해 주신 은혜로 족해요.

아르파공 대체 누가 너한테 마리안을 준다고 그래?

클레앙트 아버지께서요.

아르파공 내가?

클레앙트 그럼요.

아르파공 뭐라구! 그 여자를 포기한다고 한 건 바로 너잖아.

클레앙트 제가, 포기한다구요?

아르파공 그래.

클레앙트 그런 적 없는데요.

아르파공 그럼 여전히 그 여자를 차지하겠다는 거냐?

클레앙트 더욱 더 그러고 싶어졌어요.

아르파공 아니! 또 다시 못된 소리를 하다니!

클레앙트 절대로 제 마음은 변치 않아요.

아르파공 두고 보자, 배은망덕한 놈.

클레앙트 마음대로 하세요.

아르파공 내 눈앞에서 사라져.

클레앙트 그러죠.

아르파공 널 쫓아낼 거야.

클레앙트 쫓아내세요.

아르파공 넌 이제 아들도 아니야.

클레앙트 그러세요.

아르파공 재산도 한 푼 안 주겠다.

클레앙트 원하시는 대로 하시라구요.

아르파공 저주를 받고야 말 거다.

클레앙트 재산 따위엔 관심 없어요.

제6장
라 플레슈, 클레앙트

라 플레슈 (정원에서 작은 상자를 가지고 나오며) 아! 도련님! 마침 잘 만
났어요! 얼른 절 따라오세요.

클레앙트 무슨 일인데?

라 플레슈 따라오시라니까요. 일이 아주 잘 돼가요!

클레앙트 뭐라구?

라 플레슈 제가 온종일 이걸 노리고 있었거든요.

클레앙트 그게 뭔데?

라 플레슈 아버님 보물인데 제가 슬쩍 했지요.

클레앙트 어떻게 손에 넣었지?

라 플레슈 곧 아시게 될 거예요. 어서 도망가요. 나리가 소리지르시네요.

제7장
아르파공

아르파공 (정원에서부터 "도둑이야"를 외치며 모자도 없이 등장한다)
도둑이야! 도둑이야! 죽일 놈! 날강도 같으니! 천벌을 받아 마땅해! 이제 난 망했어, 끝장이라구! 내 목을 따고, 내 돈을 슬쩍해 가다니! 대체 누구야? 어떻게 된 거지? 어디로 튀었지? 어디에 숨었어? 어떻게 해야 찾아낼까? 어디로 가 봐야 하지? 여기에도 없고, 저기에도 없는데? 거기 누구야? 서라! (자신의 팔을 잡으며) 내 돈 내놔, 이 못된 놈! … 아! 나잖아. 정신이 산란해서 여기가 어딘지, 내가 누군지, 또 내가 뭘 하고 있는지 통 알 수가 없군. 아! 불쌍한 내 돈, 소중한 친구, 널 집어가다니! 네가 없어졌으니, 희망도 기대도 기쁨도 다 사라졌어. 모든 게 끝장이야. 이제 더 이상 할 일도 없고! 너 없이는 살 수가 없어! 일은 터졌고, 난 감당 못 해. 죽겠군, 아니 이미 죽어서, 땅에 묻힌 거야! 누구 내 귀한 돈 좀 찾아내서 날 살려 줄 사람 없나? 흠! 뭐라구? 아무도 없군. 누가 범인이든 간에 호시탐탐 기회를 엿본 게 분명해. 못된 아들 놈하고 얘기하고 있던 그 시간을 틈탔으니 말이야. 나가 보자. 도난 신고를 하고 집안 사람들을 조사해 봐야지. 하녀들, 하인들, 아들 녀석, 그리고 딸아이와 나까지도 말야. 웬 사람들이 저렇게 모여있지? 눈에 띄는 사람들 모두가 의심스럽고 도둑놈으로 보이네. 뭐라고들 하는 거야? 내 돈 훔쳐간 놈 얘기인가? 제발 부탁이니, 누가 범인을 알거든 알려 줘. 당신들 틈에 숨은 거 아니야? 모두 다 날 쳐다보면서 웃어대네. 다들 도둑질에 가담한 게 분명해. 빨리 좀 와 주시오. 순사 나리, 서장 나리, 판사 나리! 고문대, 교수대, 사형집행인도 동원해야 해. 돈을 되찾지 못한다면, 나라도 목 매달겠어!

제5막

제1장
아르파공, 경찰서장, 그의 서기

경찰서장 제게 맡기십시오, 그건 응당 제가 할 일입니다. 도둑 잡는 일
은 오늘만의 일이 아닙니다. 천 프랑이 담긴 주머니들을 제
가 교수대로 보낸 놈들 수 만큼이나 찾아내고 싶습니다.

아르파공 법관들은 모두 이런 일을 담당하고 싶어합디다. 내 돈을 못
찾아낸다면, 법에 호소하겠습니다.

경찰서장 철저하게 추적해 봐야지요. 그 궤짝 속에 무엇이 들어있었다
고 하셨죠?

아르파공 정확히 만 에퀴가 들어 있었습니다.

경찰서장 만 에퀴라구요?

아르파공 만 에퀴 맞습니다.

경찰서장 광장한 사건인데요.

아르파공 어떤 형벌로도 이만한 죄 값을 다 치루지 못할 겁니다. 처벌
을 면한다면 또 어떤 흉악한 일을 저지를지 모르죠.

경찰서장 어떤 종류의 화폐였습니까?

아르파공 상태가 좋은 루이 금화와, 정량의 피스톨 금화였어요.

경찰서장 의심 가는 사람이 있습니까?

아르파공 모두가 의심갑니다. 마을 사람이든 외지 사람이든 죄다 잡아
넣어주셨으면 좋겠어요.

경찰서장 제 생각에는 괜시리 사람들에게 겁을 줄 게 아니라, 조심스

럽게 증거를 확보해야 합니다. 그리고는 훔쳐간 돈을 확실하게 되찾도록 해야죠.

제2장

작크 영감, 아르파공, 경찰서장, 그의 서기

작크 영감 (무대 한쪽 끝에서 자신이 나온 곳을 되돌아 보며) 곧 돌아올게. 당장 저 놈의 목을 따던지, 발을 튀겨 버리던지, 끓는 물에 쳐 넣던지, 천장에 매달던지 해야지.

아르파공 누구 말이야? 내 돈 훔쳐간 놈?

작크 영감 방금 나리 지배인이 제게 보냈던 그 새끼 돼지 같은 놈 말이죠. 나리도 저와 같은 생각이셨으면 좋겠는데요.

아르파공 그게 문제가 아니라, 여기 이 분하고 얘기를 좀 나눠야 해.

경찰서장 놀랄 것 없어. 소란을 일으키러 온 게 아니니까, 일을 부드럽게 처리하겠네.

작크 영감 이 분이 오늘 저녁 초대 손님이십니까?

경찰서장 자, 자네 주인 나리에게 아무 것도 숨겨서는 안 돼.

작크 영감 나리, 제가 할 줄 아는 건 모두 내놓고 말고요. 최대한 멋지게 대접해 드리겠습니다.

아르파공 지금 그게 문제가 아니야.

작크 영감 제가 마음껏 근사한 요리를 만들어 내지 못한다면, 그건 돈 때문에 제 날개를 가위로 쓱싹 잘라버린 지배인 나리 탓입니다요.

아르파공 빌어먹을 놈, 저녁 식사 얘기가 아니라니까. 네 놈이 집어간 내 돈을 어떻게 했는지 순순히 말해 봐.

작크 영감 누가 돈을 집어갔다구요?

아르파공 그래, 이 도둑놈아! 돈을 도로 내놓지 않으면, 네 놈의 목을 매달아 버릴테다.

경찰서장 맙소사, 그렇게 윽박지르지 마십시오. 보아하니 정직한 사람인 것 같은데요. 감옥에 쳐넣지 않더라도, 바라시는 대로 순순히 자백할 겁니다. 그래, 모든 걸 털어놓으면, 조금도 해치지 않을 거야. 그리고 주인 나리가 톡톡히 보상도 해 주실 테고. 오늘 돈을 도둑 맞으셨다는데, 자네 이 일에 대해서 뭐 아는 거 없나?

작크 영감 (방백으로) 그 지배인 놈에게 복수할 절호의 찬스야. 그 녀석이 여기에 온 뒤로는 주인 나리가 그 녀석만 위하고 그 녀석 말만 들으신단 말야. 아까 몽둥이로 얻어맞은 것도 억울해 죽겠는데.

아르파공 뭘 그렇게 생각해?

경찰서장 내버려 두세요. 아시고 싶은 것을 곧 털어놓을 겁니다. 정직한 사람이라고 말씀드렸잖습니까.

작크 영감 나리, 사실을 털어놓으라고 하시니까 말씀인데요, 제 생각에는 나리의 집사 양반이 범인인 것 같아요.

아르파공 발레르가?

작크 영감 예.

아르파공 나한테 그렇게도 충성스러워 보이는데?

작크 영감 그렇습니다. 그 자가 나리 돈을 훔친 게 분명해요.

아르파공 어째서 그렇게 생각하지?

작크 영감 어째서라구요?

아르파공 그래.

작크 영감 그건… 제가 바로 그렇게 믿기 때문이죠.

경찰서장 하지만 어떤 증거가 있는지 내놓아야 해.

아르파공 그 자가 내가 돈 숨겨둔 곳 근처에서 얼씬거리는 걸 보았나?

작크 영감 예. 정말입니다. 돈이 어디에 있었지요?

아르파공 정원에.

작크 영감 바로 거기예요. 그 자가 정원에서 얼씬거리는 걸 봤어요. 그런데 그 돈이 어디에 들어있었지요?

아르파공 상자 속에.

작크 영감 바로 그겁니다. 그 자가 상자를 가지고 있는 걸 보았어요.

아르파공 그런데 그 상자가 어떻게 생겼었지? 정말 내 상자인지 알아내야겠어.

작크 영감 어떻게 생겼냐구요?

아르파공 그래.

작크 영감 그러니까… 상자 같이 생겼지요.

경찰서장 알겠네. 하지만 좀 더 자세하게 설명해 줘야 알지.

작크 영감 커다란 상자였어요.

아르파공 내가 도둑맞은 상자는 작은 것인데.

작크 영감 아, 맞아요! 어떻게 보면 작아 보이는 상자였어요. 크다고 말씀드린 건 그 내용물 때문이지요.

경찰서장 그럼 무슨 색깔이었나?

작크 영감 무슨 색깔이었냐구요?

경찰서장 응.

작크 영감 그러니까… 그 색깔을 뭐라고 해야 할지…. 좀 도와주실 수 없을까요?

아르파공 흠!

작크 영감 붉은 색 아니었나요?

아르파공 아니. 회색이야.

작크 영감 아! 맞아요, 회색 빛이 도는 붉은 색, 제 말이 바로 그 말이에
요.

아르파공 의심의 여지가 없어. 내 상자가 분명해. 나리, 저 친구의 증
언을 잘 적어두십시오. 하느님 맙소사! 믿을 놈 하나도 없군!
한 치 앞을 내다 볼 수가 있어야지. 일이 이렇게 되고 보니,
내가 내 물건에 손댔는지도 몰라.

작크 영감 나리, 그 자가 저기 오는데요. 제가 고해 바쳤다고는 말하지
않으실 테죠.

제3장
발레르, 아르파공, 경찰서장, 그의 서기, 작크 영감

아르파공 이리 와 봐. 와서 그 흉악한 짓거리와 끔찍스런 죄상을 자백
해.

발레르 나리, 무슨 말씀이십니까?

아르파공 뭐라고, 이 배신자. 죄를 짓고도 얼굴색 하나 안 붉혀?

발레르 죄라니 대체 무슨 죄 말씀이십니까?

아르파공 무슨 죄 말씀이냐구, 파렴치한! 내가 뭘 말하지 모르는 척
해! 숨기려 해도 소용없어. 다 들통났어. 모든 걸 알고 있단
말야. 뭐! 잘해준 걸 이렇게 갚다니, 우리 집에 기어 들어와
서 날 속이고 이 따위로 희롱했겠다!

발레르 나리, 모든 걸 알게 되셨다니 더 이상 숨기려 하거나 사실을
부정하지 않겠습니다.

작크 영감 오! 오! 아무 생각 없이 한 말이 들어맞다니?

발레르 제 입으로 말씀드리려 했습니다. 그래서 기회를 엿보고 있었

어요. 하지만 일이 이렇게 되었으니, 제발 화내지 마시고 제 말씀 을 들어주세요.

아르파공 끔찍스런 도둑놈, 도대체 무슨 핑계를 들이댈 테냐?

발레르 아! 나리, 도둑놈이라니요. 제가 나리께 죄를 지은 건 사실이지만, 결국에는 용서해주실 만할 거예요.

아르파공 뭐, 용서해줄 만 하다구? 그런 교활하고도 살인적인 짓거리를?

발레르 제발, 화내지 마세요. 제 말씀을 잘 들어 보시면, 제 죄가 나리 생각 만큼 크지 않다는 걸 아시게 될 겁니다.

아르파공 죄가 내 생각 만큼 크지 않아? 그건 내 피이자 내 살이야! 이 악당아!

발레르 나리의 피가 그리 못된 손아귀로 흘러 들어간 것은 아닙니다. 전 남에게 해를 끼칠 그런 위인이 못 되요. 무엇이든 보상해 드릴 수도 있습니다.

아르파공 내 생각도 바로 그래. 그럼 가져간 것을 도로 가져 와.

발레르 나리의 명예를 충분히 존중하도록 하겠습니다.

아르파공 이 일에 명예가 무슨 상관이야. 다만 누가 그런 짓을 시켰는지 말해 봐.

발레르 아니! 그런 걸 물어보시다니요?

아르파공 정말 알고 싶어서 그러네.

발레르 자신이 벌인 일에 대해서는 모든 걸 감싸주시는 사랑의 신이죠.

아르파공 사랑의 신?

발레르 네.

아르파공 사랑, 사랑, 멋진 사랑이로군, 제길! 내 루이 금화를 사랑하다니!

발레르 아니, 나리, 제 마음을 사로잡은 것은 나리 재산이 아닙니다. 그것이 절 현혹시킨 게 아니라구요. 제가 가져간 것만 허락해 주신다면 다른 재산 따위에는 조금도 관심이 없습니다.

아르파공 무슨 일이 있어도 그건 안돼! 자네에게 그걸 내줄 수는 없어. 도둑질한 걸 차지하겠다니 정말 겁도 없군!

발레르 나리는 그걸 도둑질이라고 생각하십니까?

아르파공 도둑질이라고 생각하느냐구? 그런 보물을 가져가고도!

발레르 가지고 계신 것 중 가장 소중한 보물인 건 맞지요. 하지만 제게 맡겨주시면 절대 손해보시지 않을 겁니다. 이렇게 무릎 꿇고 청하오니 그 매혹적인 보물을 부디 제게 허락해 주십시오. 일이 제대로 되려면, 나리께서 친히 그 보물을 제게 넘겨주셔야겠습니다.

아르파공 절대 그렇게는 안 될 거야. 대체 무슨 말을 하는 거야?

발레르 이미 약속이 되어 있습니다. 절대로 헤어지지 않기로 맹세를 했다구요.

아르파공 맹세 좋아하시네. 약속이라니 농담하나!

발레르 저희는 영원히 함께 있기로 언약을 했다니까요.

아르파공 내 무슨 수를 써서라도 떼어놓을 걸.

발레르 죽음 외에는 아무 것도 저희를 갈라놓지 못합니다.

아르파공 아니 그렇게도 내 돈이 좋아.

발레르 나리, 이미 말씀드렸잖아요. 제가 이러는 게 재산 때문이 아니라구요. 생각하시는 것처럼 그런 이유로 제 마음이 동한 게 아닙니다. 좀 더 고상한 동기로 그런 결심을 하게 된 거지요.

아르파공 내 재산을 탐내는 게 기독교적 자선심에 따른 것이라고 주장할 판이군. 하지만 나도 호락호락 넘어가진 않아. 이 뻔뻔스런 놈, 법정에서 시비를 가려낼 테다.

발레르 마음대로 하십시오. 어떤 위협을 하시더라도 감수할 각오가 되어 있으니까요. 하지만 믿어주세요. 죄가 있다면 모두 제 탓입니다. 이 일에 있어 따님은 아무 잘못이 없습니다.

아르파공 그건 나도 잘 알아. 이런 범죄 행위에 그 아이가 가담했을 리가 없지. 하지만 난 내 것을 도로 찾아야만 하겠어. 대체 어디에 숨겼는지 사실대로 말해.

발레르 제가요? 숨기다니요? 댁에 얌전히 잘 있는 걸요.

아르파공 (방백으로) 오, 내 귀중한 돈 상자! (큰 소리로) 아직 집에 있단 말이야?

발레르 그렇다니까요, 나리.

아르파공 어디, 말 좀 해 봐. 손을 안 댔단 말이야?

발레르 제가 손대다니요! 아! 그런 말씀은 저희를 모욕하시는 겁니다. 제 마음 속 열정은 전적으로 순수하고도 고상한 것입니다.

아르파공 (방백으로) 내 돈 상자에 대해 저런 열정을 가지다니!

발레르 그 쪽으로 조금이라도 모욕적인 생각을 갖게 하느니 차라리 제가 죽는 게 낫습니다. 얼마나 얌전하고 정직한 걸요.

아르파공 (방백으로) 돈 상자가 그토록 얌전하다고!

발레르 전 다만 그 모습을 바라보는 것으로 족합니다. 그 아름다운 눈매로 인해 불타오르게 된 이 열정에 추호도 못된 마음이란 없으니까요.

아르파공 (방백으로) 내 돈 상자에 아름다운 눈매라! 돈 상자가 마치 사랑하는 연인이라도 되듯이 말하는데.

발레르 나리. 클로드 부인이 이 일의 진상을 잘 알고 있으니, 소상히 설명해 드릴 수 있을 겁니다….

아르파공 뭐라구! 우리 하녀가 이 일에 관여했단 말이야.

발레르   네, 나리, 저희들 언약식에 증인이 되어주었죠. 제 사랑이 진
실되다는 것을 알고는, 따님을 설득해서 마음을 주고 받을
수 있도록 도와주었답니다.

아르파공   (방백으로) 저렇게 횡설수설하다니, 법이 무서운 모양이지?
(발레르에게) 여기에 내 딸아이가 무슨 상관이야?

발레르   나리, 솔직히 어찌나 수줍어 하던지 제 마음을 받아들이게
하느라 엄청 애 먹었어요.

아르파공   누가 수줍어 한단 말야?

발레르   따님 말이죠. 어제서야 비로소 저희들 결혼 서약에 서명했답
니다.

아르파공   내 딸 아이가 자네와 결혼을 약속했다구?

발레르   네, 나리, 저도 아가씨에게 서명을 해줬구요.

아르파공   하느님 맙소사! 이럴 수가!

작크 영감   (경찰 서장에게) 나리, 어서 기록하세요.

아르파공   엎친 데 덮친 격이로군! 최악이야! 자, 어서 임무를 수행하시
죠, 저 놈을 절도죄와 사기죄로 고소해 주십시오.

발레르   그런 죄를 뒤집어 씌우시다니요. 제가 누군지 알기만 하신다
면….

제4장

엘리즈, 마리안, 프로진, 아르파공, 발레르, 작크 영감, 경찰서장,
그의 서기

아르파공   이런 고얀 것! 너 같은 딸년을 두다니! 내가 언제 그렇게 하
라고 가르치던? 못된 도둑놈과 사랑 놀음에 빠져서, 내 허락

도 없이 약혼 서약을 했겠다! 하지만 어림도 없다. (엘리즈에 게) 넌 벌로 수녀원에 가게 될 거야. (발레르에게) 건방진 네 놈에겐 교수대가 어울려.

발레르 홧김에 일을 그렇게 처리해서는 안 되십니다. 벌을 내리시기 전에 적어도 제 말씀 좀 들어 주십시오.

아르파공 교수대라는 말은 취소고, 사지를 자른 채 바퀴에 매달아 죽게 해야겠다.[17]

엘리즈 (아버지 앞에 무릎을 꿇고) 아! 아버지, 제발 노여움을 푸시고 일을 그렇게 극단적으로 몰고 가지 마세요. 화가 나셨더라도 그렇게 마음 내키는 대로 행동하지 마시고, 여유를 가지고 하실 일을 심사숙고하시라구요 아버지를 그처럼 화나게 만든 저 사람을 찬찬히 보세요. 생각하시는 것과는 전혀 다른 사람이랍니다. 저 이가 아니었다면 제가 이미 오래 전에 저 세상 사람이 되었을 거라는 사실을 아신다면, 제가 왜 저 이에게 절 허락했는지 이해하실 수 있을 거예요. 그래요, 아버지, 아시다시피 제가 물에 빠져 위험에 처한 적이 있었을 때, 바로 저 이가 제 목숨을 구해주었답니다. 저 이 덕분에 아버지의 딸인 제가 살아난 거라구요….

아르파공 그 따위 일이 나와 무슨 상관이야, 지금 나에게 이런 짓을 하느니, 차라리 그 때 널 물에 빠져 죽게 두는 편이 더 나았을 거다.

엘리즈 아버지, 이렇게 빌 테니, 아버지의 정으로 봐주세요….

아르파공 아니다, 아냐. 네 말을 들어줄 수 없어. 법대로 해결하겠다.

작크 영감 (방백으로) 나에게 몽둥이질한 대가를 치르겠군.

---

17) 대형 절도범들에 대하여 내렸던 당대의 극형. 사지를 자르고 마차 바퀴에 매달아 죽어가도록 두었다.

프로진   (방백으로) 이거 참 일이 괴이하게 돌아가는데.

제5장

앙셀므, 아르파공, 엘리즈, 마리안, 프로진, 작크 영감, 경찰서장,
그의 서기

앙셀므   아르파공 영감, 무슨 일입니까? 무척 흥분하신 것 같은데요.

아르파공   아! 앙셀므 영감! 세상에서 나처럼 복 없는 사람은 없을 겁니다. 영감님과의 계약에도 차질이 생겼구요. 내 재산을 가로채고 또 명예까지 더럽히다니. 바로 이 몹쓸 놈이 내 집에 하인이랍시고 들어와서는 돈도 훔쳐가고 딸마저 후려내서, 신성한 집안을 쑥대밭으로 만들었지 뭡니까.

발레르   저에게 돈, 돈 하시는데 누가 나리 돈을 탐내기라도 했던가요?

아르파공   그리고는, 둘이서 이미 결혼 서약까지도 했답니다. 앙셀므 영감, 몹쓸 놈 때문에 영감 일을 그르쳤으니, 영감이 저 놈을 맡아 주셔야겠습니다. 어떤 소송을 해서라도 무례한 행동에 대해 톡톡히 벌을 주십시오.

앙셀므   전 억지로 결혼을 하거나, 다른 사람에게 마음을 준 여자에게 절 강요할 생각은 추호도 없습니다. 하지만, 영감을 위해서라면 내 일처럼 생각하고 도와드려야지요.

아르파공   여기 마침 맡은 바 임무를 절대로 소홀히 하지 않으시는 경찰서장님이 계십니다. (경찰서장에게) 서장나리, 저 자를 끌고 가서, 죄를 단단히 밝혀 내 주십시오.

발레르   따님을 사랑했다고 해서 대체 무슨 죄가 되는지 모르겠습니

다. 저희 마음대로 약혼을 했다고 제가 벌을 받아야 한다고 하시지만, 제가 누군지 아신다면….

아르파공 무슨 이야기를 해도 난 안 믿어. 요즘 세상에는 어찌나 귀족을 사칭하는 놈들이 많은지, 신원이 확실치 않은 점을 이용해서는, 건방지게도 명문가 출신인 척 행세하고 다닌단 말이야.

발레르 전 양심상 제 본분에 어긋나는 일은 하지 못할뿐더러, 제가 어떤 가문 태생인지는 나폴리 사람 모두가 증언해 줄 수 있다는 걸 알아 주십시오.

앙셀므 잘한다! 말조심해! 자네 생각보다 위험한 상황이야. 지금 자네는 나폴리 전체가 알아 보고 자네가 꾸며대려는 이야기쯤은 훤히 꿰뚫어 볼 수 있는 사람 앞이라구.

발레르 (당당하게 모자를 갖추어 쓰며) 전 아무 것도 두려울 것이 없습니다. 나폴리를 잘 아신다면, 동 토마 달뷔르시라는 분을 아시겠군요.

앙셀므 알고 말고. 아주 잘 알지.

아르파공 난 동 토마나 동 마르탱 따위에는 관심 없어.

앙셀므 더 말하게 두시죠. 무슨 이야기를 꾸며대는지 두고 봅시다.

발레르 저를 낳아주신 분이 바로 그 분이십니다.

앙셀므 그 분이라구?

발레르 네.

앙셀므 여봐. 농담 말아. 좀 더 그럴듯한 이야기를 꾸며대라구. 이런 식으로 둘러대서 빠져나갈 생각일랑 말구.

발레르 함부로 말씀하시지 마세요. 둘러대는 게 아닙니다. 근거없는 말씀을 드리는 게 아니라구요.

앙셀므 아니! 그렇다면 감히 동 토마 달뷔르시의 아들이라고 주장할 텐가?

발레르   그렇고 말고요. 누가 뭐라고 하던 명백한 사실이니까요.

앙셀므   정말 대담하기 짝이 없군! 혼란스럽더라도, 잘 들어두게. 자네가 말하는 사람은 적어도 16년 전 처자식과 함께 바다에 빠져 죽었어. 나폴리 내란에 이어 벌어진 학살을 피해 도주하던 중이었지. 당시 많은 귀족들도 망명을 해야 했었어.

발레르   네, 하지만 혼란스러우시더라도 잘 들어보세요. 당시 일곱 살이었던 그 분의 아들이 하인 한 명과 함께 스페인 선박에 의해 구조되었었는데, 그 아들이 바로 지금 말씀을 드리고 있는 이 몸입니다. 그 선박의 선장은 제 운명을 불쌍히 여기고 절 귀엽게 보셔서, 당신 친자식처럼 키워주셨지요. 나이가 차서 전 군에 입대했습니다. 그런데 바로 얼마 전에, 알려진 바와 달리 제 아버지가 살아 계시다는 사실을 알게 되었습니다. 그래서 아버지를 찾으러 다니다가 마침 이 곳을 지나던 중, 하늘의 뜻으로 사랑스런 엘리즈를 만나게 된 것입니다. 전 엘리즈에게 첫눈에 반했습니다. 그러나 아버님은 엄하기만 하시고, 그래서 전 저희 부모님을 찾으러 다른 사람을 보내놓고 여기서 이처럼 일하게 된 거지요.

앙셀므   그렇지만 자네 말이 사실을 근거로 꾸며낸 이야기가 아니라는 걸 어떻게 증명할 수 있겠나?

발레르   스페인 선장님, 그리고 아버지 소유였던 루비 도장, 어머니가 제게 채워 주셨던 마노 팔찌, 저와 함께 구조되었던 하인인 페드로 등이 있지요.

마리안   아니! 그 말씀이 거짓이 아니란 걸 제가 증명할 수 있을 것 같아요. 말씀을 다 듣고 보니 저 분이 제 오빠이신 것이 분명해요.

발레르   그럼 내 누이라구요?

마리안	네, 입을 여신 순간부터 마음이 울렁거렸답니다. 오빠를 보시면 어머니께서 얼마나 기뻐하실지. 어머니는 저희 가족이 겪은 불행에 대해 골백번도 더 이야기 하셨어요. 하늘의 도우심으로 저희 모녀도 그 참사로부터 살아남을 수 있었지요. 하지만 목숨 대신 자유를 잃어야 했어요. 난파선 조각에 매달렸던 저희를 구해준 건 바로 해적들이었거든요. 10년간 노예생활을 한 후 운 좋게 자유를 되찾아 저희는 나폴리로 돌아갔지요. 하지만 아버지 소식도 들을 수 없었고 재산도 온데 간데 없이 모두 날아간 뒤였어요. 어머니는 여기 저기 흩어진 유산에서 소액이나마 마련하셨고 우리는 젠느로 갔지요. 하지만 못된 친척들 등쌀에 이리로 피신오게 되었어요. 여기서 어머니는 비참하게 생활하고 계십니다.
앙셀므	오 하나님! 전능하신 분이시여, 당신만이 기적을 이루어 주심을 잘 알겠나이다! 애들아, 이리 와서 안아다오, 이 아비와 함께 기쁨을 나누자꾸나.
발레르	그럼 저희 아버님이시라구요?
마리안	어머니를 그처럼 애태우신 분이로군요?
앙셀므	그래, 내 아이들아, 내가 바로 동 토마 달뷔르시란다. 하늘의 도우심으로 가지고 있던 전 재산을 무사히 건졌지. 16년이 넘도록 가족들 모두가 죽은 줄만 알고는 오랫동안 여행하던 끝에, 온순하고 얌전한 여자와 새로이 가정을 꾸며 안주해 볼까 하던 참이었다. 나폴리로 돌아간다면 목숨이 위태로울 것 같아 영원히 발길을 끊기로 했단다. 요행히 가졌던 재산을 모두 정리할 수 있어서 이곳에 정착했지. 그처럼 힘든 재앙을 가져다 준 그전 이름으로부터 벗어나고 싶어서, 이름도 앙셀므로 바꾸었다.

아르파공 저 녀석이 당신 아들이란 말이오?

앙셀므 그렇습니다.

아르파공 그럼 저 녀석이 내게서 훔쳐간 만 에퀴를 청구하는 소송을 당신에게 걸 테요.

앙셀므 당신 돈을 훔쳤다구요?

아르파공 그렇고 말고요.

발레르 대체 누가 그렇게 말했죠?

아르파공 작크 영감이 그랬지.

발레르 자네가 그런 말을 했나?

작크 영감 전 아무 말도 안했는 걸요.

아르파공 했잖아. 여기 경찰서장님께서 입증해 주실 거야.

발레르 제가 그처럼 비열한 짓을 할 수 있다고 믿으십니까?

아르파공 할 수 있든 없든 간에 난 내 돈을 되찾아야겠어.

제6장

클레앙트, 발레르, 마리안, 엘리즈, 프로진, 아르파공, 앙셀므,

작크 영감, 라 플레슈, 경찰서장, 그의 서기

클레앙트 아버지, 고정하시고, 아무도 나무라지 마세요. 아버님 일에 관해서 들은 이야기가 있어요. 제가 마리안과 결혼하도록 허락해 주신다면 돈을 모두 찾으실 수 있을 거라는 말씀을 드리러 왔습니다.

아르파공 돈이 어디 있는데?

클레앙트 아무 걱정 마세요. 제가 잘 아는 곳에 있으니까요. 저만 믿으시면 됩니다. 아버지는 결정이나 내리세요. 마리안을 저에

게 주시든지, 돈 상자를 잃어버리고 마시든지 둘 중에 선택
하십시오.

아르파공 돈이 조금도 축나지 않았던가?

클레앙트 전혀요. 이 결혼에 동의하고, 마리안 어머니의 의사를 존중
하시기를 원하신다면, 그 분이 마리안에게 아버지와 저 둘
중에 더 좋은 사람을 선택해도 좋다고 허락하셨다는 사실을
알아두세요.

마리안 하지만 어머니 허락만으로는 충분치 않게 되었어요. 천우신
조로 여기 이 오빠와 함께 아버지를 찾게 되었으니까요. 이
제 아버지 승낙도 받으셔야만 해요.

앙셀므 애들아, 너희들 의사에 반대나 하라고, 하늘이 너희들에게
날 되돌려 주신 게 아니란다. 아르파공 영감, 젊은 처녀 아이
가 아버지보다는 아들 쪽을 택하리라는 것쯤은 잘 아시겠지
요. 들을 필요가 없는 이야기를 애써서 하려고 하지 마시고,
나와 함께 이 두 쌍의 결혼을 축하해 줍시다.

아르파공 충고도 좋지만 돈 상자부터 찾아야겠습니다.

클레앙트 안전하고 온전한 상태로 곧 보실 수 있습니다.

아르파공 아이들 혼사에 보태줄 돈이 한 푼도 없는데.

앙셀므 좋아요. 내게 돈이 좀 있으니, 그런 걱정일랑 마십시오.

아르파공 두 쌍의 결혼 비용을 모두 부담하시겠다는 겁니까?

앙셀므 그러도록 하지요. 이제 만족하십니까?

아르파공 음, 결혼식에 입을 예복 한 벌만 더 해주신다면요.

앙셀므 그러죠. 그럼 이처럼 복된 날 마음껏 기쁨을 나눠 봅시다.

경찰서장 어허, 어르신네들, 어허! 좀 진정하시고, 제 사건 기재에 대
해서는 누가 지불하시는 겁니까?

아르파공 사건 기재 같은 건 이제 필요 없는데.

경찰서장 압니다. 하지만 그것을 무상으로 했다고 볼 수는 없죠.

아르파공 (쟉크 영감을 가리키며) 뭘 줘야 한다면 이 자를 드릴 테니 목을 조여 보슈.

쟉크 영감 맙소사! 어찌 해야 하나? 사실을 말하라고 몽둥이찜질을 하더니, 이제 거짓말을 했다고 목을 매달라는 군.

앙셀므 아르파공 영감, 저 친구 거짓말은 이제 용서해 주시죠.

아르파공 그럼 경찰서장에게 영감이 지불하시렵니까?

앙셀므 좋아요. 어서 어머니께 기쁜 소식을 전하러 가자.

아르파공 난 어서 소중한 내 돈 상자를 찾으러 가야지.

해설

앙리 베르그송(Henri Bergson)은 그의 저서 『웃음 – 희극성의 의미에 관한 시론(Le Rire, essai sur la signification du comique, 1956)』에서, 인간이 인간적 기능을 상실하고 기계적 경직성이나 자동화에 사로잡힌 모습을 보일 때, 웃음을 유발한다고 분석해 낸다. 베르그송의 지적은, 웃음이 우리에게 제공하는 해소감의 원천과 그 메커니즘을 속속들이 밝혀주지는 않고 있으나, 몰리에르(Molière)의 폭넓은 작품 세계 안에 존재하는 다양한 경향의 희극들이 보여주는 웃음의 큰 줄기를 설명해 주고 있다. 결국 몰리에르의 주인공들이 스스로를 통제하지 못하고 무언가에 기계적으로 빠져들어 있을 때, 우리는 스스로의 우월감을 확인하며 마음껏 웃는다. 그러면서도 무대 위에 자기 자신의 강박관념이 볼록렌즈로 투영되어 있음을 확인하게 되지 않는가? 몰리에르의 주인공들에게서 결국 우리는 우리 자신의 모습을 발견하면서, 스스로를 기계적으로 사로잡고 있는 것으로부터 한 발 벗어나 자신의 인간적 중심을 회복해야 함을 깨닫게 되지 않는가? 몰리에르는 희극이 관객들을 "즐겁게 하면서 가르치기"를 희망하였다. 더욱 큰 고통을 지켜봄으로써 관객의 고통을 해소시키는 비극의 카타르시스와도 같이, 희극의 해소작용의 효능은 더욱 큰 강박관념에 사로잡힌 주인공들을 지켜봄으로써 관객 스스로의 강박관념으로부터 벗어나게 하는 것일 수 있다. 그런 의미에서 비극과 희극의 효과는 '이열치열' 과도 같은 일종의 역증요법이다.

이 희곡집에는, 1653년 첫 작품 《덤벙쟁이(Etourdi)》를 발표한 이래, 성공가도를 달리며 작품 활동을 하던 몰리에르가 1668년 발표한 스물두 번째 작품 《수전노(L' Avare)》, 그리고 몰리에르의 서거 이년 전인 1671년 발표한 스물일곱 번째 작품 《스카펭의 간계(Les Fourberies de Scapin)》가 실

려 있다. 몰리에르의 극작 세계의 전반기와 중반기 및 후반기에 걸쳐 집필되고 공연되었던 이 작품들은, 대체로 젊은 남녀의 사랑을 가로막는 여러 가지 장애와 그의 극복을 그리고 있다는 공통점을 가진다. 이는 그리스 신기 희극과 로마의 갈등 희극에서 유래한 희극의 오랜 테마이다. 젊은이들의 사랑과 그것을 어렵게 만드는 어른들의 고집으로 인한 갈등, 그리고 그것을 극복할 수 있게 하는 젊은이들의 기지와 하인 및 주변 인물들의 활약상이 두드러진다. 희극의 전통을 계승하면서, 작가 당대의 연극 규범을 흡수하여 고전주의 연극으로서의 품격을 갖추어 나가면서도 시대와 사조를 초월하여 인간사의 본질을 꿰뚫어 보는, 몰리에르의 재능이 작품 마다 두드러진다. 그럼에도 불구하고 각 작품은 나름대로 변별성을 지니면서 몰리에르 희극의 폭을 입증해 준다.

몰리에르 만년의 걸작으로 꼽히는 《수전노》는 고전주의 연극의 규칙과 품격을 존중하고 있는 대희극 계열의 작품이지만 산문으로 쓰였다. 몰리에르는 당시 이미 《타르튀프(Tartuff)》, 《인간혐오자(Misanthrope)》 등의 대희극을 발표하여 역량을 과시하였고, 한편 당대 궁정에서 유행하던 궁정 발레와 희극을 결합한 '발레-희극'의 스펙타클로써 관중들을 열광시켰으나, 《동 쥐앙(Don Juan)》의 상연 금지 조치와 《타르튀프》에 대한 논쟁으로 상당한 심적 고통을 겪어야 했다. 힘든 투쟁의 와중에서도 《앙피트리옹(Amphitrion)》, 《조르쥬 당댕(Georges Dandin)》 등을 집필해 온 몰리에르는 《수전노》의 상연을 앞두고 여러 가지 논쟁으로부터 막 벗어난 상황이었다. 그러나 《수전노》의 초연 당시 관객들은 다소 엄숙하고 생소한 느낌을 받았다. 12음절 알렉상드랭의 부드러운 싯귀가 아닌 산문의 대사도 낯

설게 받아들여졌던 것이다. 그러나 오늘날 이 작품은 몰리에르의 희극 중 가장 많이 상연되고 연구된 작품으로 꼽힌다. 위에서 언급한 바, 젊은 남녀의 사랑과 그를 가로막는 어른의 테마, 고전주의의 3단일의 법칙의 준수, 신분 인지를 통한 데우스 엑스 마키나적 결말 외에도 말과 제스추어 및 상황에서 비롯되는 희극성이 빠짐없이 드러난다. 그 뿐 아니라 주인공 아르파공을 통하여 창조된 수전노의 전형적 인물 성격으로써 몰리에르 희극의 본령을 과시한다. 딸을 "지참금 없이" 시집보낼 수 있다는 대사를 반복하거나 결말 부분, 사랑 보다는 돈 상자를 택하는 설정에서, 자동화된 성격 묘사를 통한 웃음의 효과를 성공적으로 구사하고 있는 것이다.

《스카펭의 간계》는 말년에 접어든 몰리에르가 로마 희극과 코메디아 델 아르테를 계승하여 완성한 3막 희극이다. 로마 희극작가 테렌티우스 (Terentius)의 《포르미오(Formio)》를 발전시킨 작품으로 평가받고 있는 이 작품에서 몰리에르는 고전주의 극작의 원칙들이나 궁정에서 인기를 끌던 호사스러운 스펙타클의 발레-희극으로부터 벗어나, 다시금 민중적 웃음의 원천에 충실한 소극적 작품 세계를 펼쳐나가고 있다. 어른들의 의지에 의하여 사랑이 좌절될 위기에 처해있는 젊은이들을 돕는다는 명목으로 활약하는 스카펭은 코메디아 델 아르테의 스카피노(Scapino)로부터 빌어 온, 책사형 하인의 인물형이다. 자신의 책략을 스스로 즐기는 스카펭의 매력은 후대 많은 배우들로 하여금 그 역에 도전해 보고 싶은 욕망을 불러일으켰다. 하지만 당대 대형 스펙타클에 익숙해진 관객들과, 고전주의 시학을 수호한 브왈로(Boileau) 등 문인들은 이 작품에 대하여 비판적 반응을 보였다. 그러나 언어와 상황의 소극성으로 넘쳐나는 이 작품에 대하여 '이성적 논리'의 잣대로 따지기 보다는, 단순한 마음으로 웃으면서 활기를 되

찾는 것이 어떨까. 몰리에르를 '민중의 친구'라고 부르는 20세기 초반 프랑스 연출가 작크 코포(Jacques Copeau)의 제안이다.

이상 작품들은 고전주의 극작의 원칙이 보다 존중되어 있는 작품들과 이탈리아 희극, 및 프랑스 중세 소극의 전통이 두드러지는 작품들로 대별된다. 희극의 오랜 테마를 공통적으로 다루고 있으면서도 몰리에르 극작의 폭넓은 스펙트럼을 예시해 주고 있는 것이다. 그러나 몰리에르의 극작에 있어 장르나 형식의 차이는 그다지 중요하지 않다. 몰리에르는 모든 상황에 있어 관객들을 즐겁게 할 수 있는 최대치를 추구하였고 관객들은 그를 충분히 향유할 수 있었다. 동시에 몰리에르는 자신이 획득한 인간 성찰의 깊이와 그 표현력으로 인하여, 관객들로 하여금 웃음의 끝자락에서 스스로의 모습을 돌이켜 보게 하는 데에 성공하였다. 그 성공의 신화는 프랑스의 국경을 넘어 전 세계의 무대에서 오늘날까지 여전히 유효하다!

몰리에르 연보

1622년   1월15일 파리에서 궁중 실내장식가 장 포클랭(Jean Poquelin)
         의 아들로 출생함.
         본명 장 밥티스트 포클랭(Jean Baptiste Poquelin).

1631년   오늘날 리세 루이 르 그랑(Lycée Louis Le grand)에 해당하는
         콜레쥬 드 클레르몽(Collège de Clermont)에서 1639년 까지 인
         문주의적 중등교육 받음.

1632년   모친 마리 크레세(Marie Cressé) 사망.

1640년   오를레앙 대학에서 법률학을 공부하여 변호사 자격 취득함.

1643년   루이 13세와 리슐리외 추기경 사망함.
         배우 마들렌 베자르(Madeleine Béjart)와 함께 일뤼스트르 테아
         트르(llustre Théâtre) 설립함.

1644년   첫 공연을 하였으나 실패함.
         몰리에르(Molière)라는 예명을 사용하기 시작함.

1645년   극단이 파산하여 문을 닫음.
         베자르 가족과 함께 파리를 떠나 지방 공연 활동을 시작함.

1646년   뒤 프렌(Du Fresne) 극단에 입단하여 소극을 공연함.

1650년   극단의 지휘권을 인수받음.

1655년   리용에서 첫 희극《덤벙쟁이(L' Etourdi)》발표함.

1656년   두 번째 작품《사랑의 원한(Le Dépit amoureux)》발표함.

1658년   파리로 돌아와 궁정에서 공연한《사랑에 빠진 박사(Le Docteur
         amoureux)》가 성공을 거두어 왕실 소유 프티 부르봉(Petit-
         Bourbon) 극장의 사용권을 얻음.

1659년   세 번째 작품《웃음거리 재녀들(Les Précieuses ridicules)》성공
         적으로 발표함.

1660년   《상상으로 오쟁이진 스가나렐(Sganarelle ou le cocu imaginaire)》
         발표함.

1661년   루이 14세로 부터 팔레 루아얄(Palais Royal) 극장의 사용허가
         권을 받고 죽는 날까지 이곳에서 공연함.

1662년   마들렌 베자르의 동생 아르망드 베자르(Armande Béjart)와 결
         혼함.
         첫 5막 운문극인《아내들의 학교(L' Ecole des femmes)》발표하
         여 큰 성공을 거두나 동시에 비판도 많이 받음.

1663년	자신의 작품을 옹호하는 《아내들의 학교 비판(La Critique de l'Ecole des femmes)》과, 《베르사이유 즉흥극(L' Impromptu de Versailles)》 발표함.
1664년	장남 루이(Louis) 1월 출생, 그러나 11월 사망함. 《강제결혼(Le Mariage forcé)》, 《엘리드 공주(La Princesse d'Elide)》, 《타르튀프(Tartuffe)》 공연함. 《타르튀프》는 1669년까지 공연이 금지됨.
1665년	왕실극단(Troupe du roi)의 칭호 획득함. 동 쥐앙(Don Juan) 발표하나 15회 공연 후 금지당함. 베르사이유에서 《사랑의 의사(L' Amour médecin)》 공연.
1666년	《인간혐오자(Le Misanthrope)》, 《억지 의사(Lé Medecin malgré lui)》, 《멜리세르트(Mélicerte)》 발표함.
1667년	《희극적 전원극(La Pastorlale comique)》, 《시실리 사람 혹은 사랑의 화가(Le Sicile ou l' Amour peintre)》 발표함. 병에 걸린 몰리에르는 4,5월 연극 활동 중단함.
1668년	《앙피트리옹(L' Amphitryon)》, 《죠르쥬 당댕(George Dandin)》, 《수전노(L' Avare)》 발표함.
1669년	몰리에르의 부친 사망. 《타르튀프》에 대한 금지령이 풀리고 5막 운문으로 된 결정판이 공연됨.
1670년	《멋진 연인들(Les Amants magnifiques)》, 《서민 귀족(Le Bourgeois gentilhomme)》 발표함.
1671년	《프시케(Psyché)》, 《스카펭의 간계(Les Fourberies de Scapin)》, 《에스카 르바냐스 백작부인(La Comtesse d' Escarbagnas)》 발표함.
1672년	평생의 동료 마들렌 베자르 사망. 《유식한 여자들(Les Femmes savantes)》 발표함.
1673년	2월10일, 마지막 작품 《상상병 환자(Le Malade imaginaire)》 공연 중 쓰러져 집으로 실려오나 몇 시간 뒤 사망함.
1680년	국왕의 명으로 몰리에르의 정신을 계승한 코메디 프랑세즈(Comedie Française) 창립됨.

옮긴이 이화원

이화여자대학교 불어불문학과 졸업
서울대학교 인문대학원 석사
미국 미네소타대학교 박사 (문학박사)
현재 상명대 공연학부 교수

- 저서:『라신을 어떻게 읽을 것인가』(공저)
  『우리 시대의 프랑스 연극』(공저)
  『오태석의 연극 세계』(공저)
  『라신 비극의 새로운 읽기』
- 역서:『라신희곡선집』(공역)
- 논문:「라신 작품의 수용에 대한 시론적 연구」
  「표상과 그 너머-라신의 비극 세계」
  「연극의 기호학적 분석을 위한 비교 연구」
  「프랑스 거리극 연구」외 다수.

공연예술신서 · 73

스카펭의 간계 / 수전노

몰리에르 희곡집 1

초판 1쇄 인쇄일   2019년 4월 2일
초판 1쇄 발행일   2019년 4월 7일

지 은 이   몰리에르
옮 긴 이   이화원
만 든 이   이정옥
만 든 곳   평민사
          서울시 은평구 수색로 340 [202]
          전화: (02)375-8571(代)
          팩스: (02)375-8573

          평민사(이메일) 모든 자료를 한눈에 —
          http://blog.naver.com/pyung1976

등록번호   제251-2015-000102호

ISBN   978-89-7115-701-5   03800

정 가   12,000원